『メールストロームでの邂逅』

レムール艦に逃げこんだテラナーの科学者三人は、つぎつぎに出現する
エネルギー藻と戦いつづけるが……（86ページ参照）

ハヤカワ文庫 SF

〈SF1650〉

宇宙英雄ローダン・シリーズ〈344〉

メールストロームでの邂逅

ウィリアム・フォルツ＆H・G・フランシス

天沼春樹訳

早川書房

6228

PERRY RHODAN
BEGEGNUNG IM CHAOS
DER EINMANN-KRIEG
by
William Voltz
H. G. Francis

Translated by
Haruki Amanuma
First published 2008 in Japan by
HAYAKAWA PUBLISHING, INC.
This book is published in Japan by
arrangement with
PABEL-MOEWIG VERLAG KG
through JAPAN UNI AGENCY, INC., TOKYO.

カバー／口絵／插絵
依光　隆

目次

メールストロームでの邂逅

メールストロームでの邂逅

ウィリアム・フォルツ

登場人物

ペリー・ローダン……………………太陽系帝国の大執政官
アラスカ・シェーデレーア…………マスクの男
レースブール少佐……………………《リフォージャー》艦長
グラシラー軍曹
ケリオ・マルドーン ｝…………………同乗員
スタッコン・メルヴァン……………数理学者
ツァマル9・アバルテス……………レムール技術史家
アブリター・グレイムーン…………プログラミング・エンジニア
テッセン・アムン……………………ポジトロニクス論理学者
ウィルパー・アンプ・タカチュ………アルトマクの絶対支配者
マスコチュ……………………………タカチュの相談役
グロチュ………………………………マスコチュの部下
カッチャ………………………………タカチュの側女

1

四人は最初の尋問のあと、広大な監房内の〝容器〟に閉じこめられた。テッセン・アムンはこの容器を〝可動室〟と呼んだが、壁は金属がむきだしで、非常にせまい。アルトマクたちは四人の防護服を没収し、監房に毒ガスを流した。ふたつある小窓の外で、毒ガスが漂うのが見える。

スタッコン・メルヴァンの見たところ、容器は部屋の中央にあるようだ。つまり、どの出口も二百メートルの距離にあり、通常なら三十秒で到達できるということ。息をとめていれば、命に別状はない。

とはいえ、ほかの問題がある。容器の出入口がロックされ、内側からは開かないのだ。逃げるには、小窓を壊して、そこから這いでるしかない。そのあと、出口に向かうが、ハッチを開けるのにも時間がかかる。

数理学者の見積もりでは、新鮮な大気のある場所にたどりつくまで、一分半から二分半が必要だった。ふた組にわかれた場合、あとから窓を出る者がハッチをぬけるのが、二分半後ということ。

四人は脱走するため、肺の訓練をはじめていた。その結果、テッセン・アムンとツァマル9・アバルテスがより長く呼吸をとめられるとわかり、あとの組になる。

アルトマクはきわめて疑り深い。最初の尋問で得た情報を精査して、必要な場合は力ずくで真実を聞きだすといっていた。

つまり、拷問である。

その結果、メルヴァンたちが孤立しており、ほかに仲間がいないとわかったら……イモムシ型生物は四人を躊躇《ちゅうちょ》なく殺すにちがいない。

気が短いアバルテスは、すぐに脱出しようと、たえまなく急《せ》かした。数理学者も同感である。

「いつまでも迷っていられない」と、応じた。「アルトマクはいずれやってくる。次の尋問はもっと過酷なものになるはず。この警戒ぶりを見ても、連中がひどく猜疑心の強い種族だとわかる」

ツァマル9・アバルテスを見て、

「あんたがいちばん大柄だ。窓から出るのにてこずるかもしれん。もし出られなかったら、それは死を意味する。気をつけろよ」

　肩幅の広いずんぐりした男はうなずいた。

「心配ない。うまくやるさ」

　このインディオの末裔、生きて脱出できる者がいるとするなら、それは自分自身だといいたいようだ。

　メルヴァンはハッチの蝶番《ちょうつがい》から、三十センチメートルの金属ボルト二本をはずしてあった。これで窓を壊す。穴が開いた瞬間から呼吸をとめ、可及的すみやかに脱出口をつくらなければならない。

　もちろん、あともどりはできなかった。監房の出口にたどりついて、ハッチを開ける。うまくいかなかったら、窒息死するほかない。

「さ、行くぞ！」

　そう声をかけて、ボルトの一方をアブリター・グレイムーンにわたした。ふたりが先に出るので、窓を破壊する。

　アバルテスとアムンはすでに立ちあがり、いつでもふたりにつづけるよう、身がまえていた。

　リーダーは最後にもう一度、仲間を順に見つめる。アバルテスは強情そうに顎をつきだしていた。グレイムーンは緊張しているものの、おちついた態度をくずさない。反対に、アムンは顔面蒼白で、額に汗を浮かべている。

ポジトロニクス論理学者はその視線に気づいて、

「早くしてくれ」と、せかした。「わたしは問題ない」

その言葉を額面どおりにうけとるわけにはいかないが、いまはこの男だけを気づかうこともできない。アムンは肉体的には良好だが、心理状態は万全とはいえなかった。パニックを起こす傾向があるのだ。

もちろん、リーダーとして、ほかの三人の安全も配慮しなければならないが、今回ばかりはアムンを特別あつかいにはできなかった。どれほどリスクが大きくても、脱走しなければ。さもないと、いずれアルトマクに処刑される……

脱出に成功したあとについても、計画はたててあった。主通廊の反対側にある格納庫までたどりつくのだ。そこにはレムールの搭載艇がある。

とはいえ、格納庫までぶじ到達したとしても、大きな問題がのこる。どうやって搭載艇をスタートさせるかである。防護服を奪われたため、手動でエアロック外扉を開けることができないのだ。通常は制御室から操作するが、イモムシ生物にたのむわけにもいかない。

方法はただひとつ。搭載艇のインパルス砲で外扉を破壊するしかない……

メルヴァンは無意識に顔をゆがめ、ため息をついた。計画といっても、すべて運まかせなのだ。

「どうした?」と、レムール技術史家が声をかける。リーダーが躊躇しているのが、気に入らないのだ。「急に恐くなったか?」

数理学者はほほえみ、

「予想外の展開を招くような行動は、気が進まない。いつものことだ。そういう教育をうけたから」

アバルテスは軽蔑をあらわにする。「そうだろうよ! 髪を短くしているのも、長く伸ばしていると、ヘルメットをかぶったとき、強力な磁気で毛細血管が破裂するっていう噂を信じているからにちがいない」

「そのとおりだ」メルヴァンは真顔で応じた。

アバルテスはあきれて両腕をひろげ、

「人生すべてを予測するのは不可能だ。ポジトロニクスみたいに考えていたんじゃ、生きていても楽しくないだろう、メルヴァン? いや、生きているともいえないぞ」

「いつになったらはじめるんだ?」と、グレイムーンがいらだって口をはさむ。「アルトマクがやってくるのを待つつもりか?」

「そうだな」と、リーダーはうなずき、「ずいぶん時間をむだにしてしまった」

四人はふた手にわかれ、窓の前に立った。メルヴァンとアバルテス、グレイムーンとアムンがコンビになる。

メルヴァンが腕を振りあげ、

「いまだ!」

ボルトを透明パネルに打ちつけると、にぶい音が響いた。

＊

マスコチュは二階席から、ホールの喧騒を見おろしていた。ウィルパー・アンプ・タカチュが異生物四体を捕虜にした記念にと、祝宴を設けたのだ。

首席相談役としては、祝宴などあとまわしにして、捕虜の尋問をつづけたかったのだが。一度めの尋問で、すでに異生物の話に矛盾があるとわかっている。だが、支配者はむずかしい話に飽きて、まずは祝おうと命令を発したのである。

せめて、ひとりで尋問をつづけようとしたが、申し出は却下された。

「これまで苦労したのだから、すこしくらい祝ったほうが、おまえのためだ」支配者はそういったもの。

もちろん、この決定にはしたがわざるをえない。タカチュを説得するのはむずかしくないが、バアル煙を吸っているあいだは無理だ。

支配者はいま、眼下のホールで台座に横たわり、若いアルトマクにからだをマッサージさせていた。いままで見たことのない、若い女だ。

新人か！　この発見で、尋問を中断された怒りを忘れる。ほかの相談役に出しぬかれる前に、新しい側女《そばめ》を手なずけなければならない。

「支配者を観察しているの？　それとも、新しい女？」そばで女の声がした。

ぎくりとして振り返る。

カッチャだ。タカチュの側女である。気づかないうちに近づいてきたのだ。

「ここでなにをしている？」と、怒って問いただした。

「下からあなたが見えたから、きたのよ」側女の声は震えている。バアル煙をたっぷり楽しんだようだ。「いまはふたりのための時間があるでしょう、マスコチュ？」

この女もじゃまをする気か！　どうしろというのだ……？

女がしなだれかかってきた。

「支配者は新入りに夢中なのよ」と、女がささやく。「いま、ふたりで姿を消しても、きっと気づかないわよ」

下から、有頂天になったアルトマクたちの金切り声が響いてきた。見ると、若者のグループが喧嘩をはじめたところだ。カッチャはさらに体重をあずけて、

「さ、行きましょう！　それとも、ここでくよくよしていたいの？」

首席相談役ははじめてまともに相手を見た。ずいぶんまるくなったようだ。子供が生

まれるのだろう。タカチュは節操がない。側女のほぼ全員を妊娠させている。「いや、やめたほうがいい」と、いい聞かせる。「これ以上つきあえば、噂になる。タカチュの耳にはいったら、ただではすまないぞ」

「支配者はわたしがなにをしようと、どうでもいいはずよ！」

「だめだ。捕虜のようすを見てこなくては」

側女はそういうマスコチュの頸筋をなでて、

「あとでね」と、ささやいた。「あとでいいでしょう？」

カッチャは自分の魅力をどう使うか、熟知している。マスコチュは根負けして、席を立つと、女のあとについて薄暗い通廊に向かった。

側女が近くのドアを開ける。すべて準備していたのは明らかだ。

「エネルギー室か」と、相談役は驚いて、「ここは適当な場所とは思えないが」

「細かいことを考えないで！」と、カッチャがうながす。

老アルトマクは部屋にはいり、ドアを閉めた。

たしかに、しばらく義務を忘れてもいいだろう……と、考える。若いカッチャがそばにいると、異生物に対する興味も薄れた。

とはいえ、気がかりなのは同じだったが。

＊

スタッコン・メルヴァンは音が変わったのを聞きとり、窓に穴が開いたと悟った。ここからは、もう呼吸できない。毒ガスが侵入してくる。反対側をすばやく見やると、グレイムーンも窓枠のパネルをはずすところだ。

もちろん、言葉はかわせない。

アバルテスが脇腹をつつく。急かしているのだ。

さらに三回、パネルをなぐりつけると、枠がはずれた。ボルトを捨てて飛びあがり、そこにからだを押しこむ。からだを左右に振って勢いをつけ、腰まで出ると、あとは楽だ。急いで床に跳びおり、ハッチに向かって走りだした。すぐ後方に足音がつづく。アブリター・グレイムーンだろう。やはり〝容器〟を出て、出口に向かっているのだ。

こめかみが脈うつのを感じる。まだ呼吸できないが、肺が酸素をもとめていた。胸郭が内側からふくらんで、はじけそうだ。

ハッチにたどりつき、周囲も見ずにスイッチを操作。

グレイムーンもやってきて、ふたりがかりで必死にレバーをひっぱった。プログラミング・エンジニアはものすごい形相《ぎょうそう》で、顔面蒼白だ。

手動安全装置を解除。

アバルテスがよろめきながらやってきた。

三人で外に跳びだす。技術史家は通廊に倒れる。しかし、まだ呼吸するのは危険だ。三人といっしょに毒ガスも通廊にあふれだしたから。とはいえ、急速に稀釈されているはずだから、短く数回呼吸しても、致死量には達しないだろう。

グレイムーンがメルヴァンのわきを通りすぎた。

はっとする。アムンはどこだ？

グレイムーンがハッチを閉めろと合図している。しかし、メルヴァンは苦痛をこらえ、なかをのぞきこんだ。

人影はない！

やむをえず、ハッチを閉じる。金属音が響き、ロックされたのを確認してから、息を吐きだした。その場に倒れこみ、両のこぶしで胸をたたきながら、懸命に呼吸する。毒ガスが混入しているだろうが、かまってはいられない。

いくらかおちつきをとりもどすと、アバルテスとグレイムーンが目にはいった。ふたりとも、壁にもたれたまま、砂浜に打ちあげられた魚みたいにあえいでいる。

「アムン……どこだ……？」メルヴァンはなんとか声をしぼりだした。

「追ってこなかった」と、グレイムーンが疲れきった表情で、「のこったんだ。きっと、恐怖に足がすくんだんだろう。ハッチをぬけられなかったのかもしれない」

数理学者はからだを持ちあげ、ハッチに向かおうとした。

ほかのふたりがそれをとめようとするが、

「アムンを助けなくては！」と、大声で抵抗。

「もう死んでいる！」と、アバルテスがどなる。「それに、時間もない。格納庫に行かなければ。でないと、すべてが水の泡だぞ！」

メルヴァンもしだいにおちついてきた。頭痛がひどい。酸素不足の後遺症か、毒ガスの症状かもしれない。

ふたりに支えられ、格納庫に向かううち、やっと自力で立てるようになる。

「気分はどうだ？」と、ふたりにたずねた。

「上々だ！　もう毒ガスの影響はない」

インディオの末裔アバルテスはそう応えると、通廊の両側を見やり、

「いまのところ、イモムシの姿もないな。いつあらわれてもおかしくないが」

「とにかく、格納庫にはいろう」と、メルヴァン。ふたたび、危地に突入するのだ。鋼の壁の向こうには、アルトマクがいるかもしれない。

＊

マスコチュは勢いをつけて立ちあがった。

「どうしたのよ?」カッチャがいらだった声をあげる。

「わからない」と、支配者の首席相談役は正直に、「捕虜が気になるのだ」

「捕虜ですって?　ばかばかしい!　どうせ殺してしまうんでしょ。それで終わりじゃないの」

老アルトマクは悪態をついた。この女もほかの同胞と変わらない。あの四体の出現が、種族にとってどういう意味を持つか、理解できないのである。これまで考えもしなかった希望が生まれたというのに。

カッチャに背を向ける。

「おいていくの?」

「そうだ、異生物を見てくる。話ができるかもしれない」

女が文句をならべるのを無視して、通廊に出ると、すばやく這いはじめた。不安がつのるのだ……理由はわからないが。

反重力シャフトで格納庫に降りる。

主通廊にはいると、すぐ毒ガスに特有な甘い香りを嗅ぎとった。

思わず立ちどまる。

しばらく、なにも考えられなかったが、やがて自制をとりもどし、もよりのインターカムに近づいた。

スピーカーを作動させて、全セクションに聞こえるよう、回線を切り替え、「こちらマスコチュ！」と、声を出す。あらためて、おのれの冷静さに驚いた。「捕虜が脱走した！　男たちは防護服を着用して、すべての格納庫と重要ステーションを封鎖するのだ！」

指示を三度くりかえす。バアル煙で朦朧《もうろう》とした連中は、内容を理解するのにしばらく時間がかかるだろう。

それが終わると、自分も防護服を手に入れようと、近くの備品室に向かった。驚いたことに、ここで半ダースほどのアルトマクに出会う。

「急げ！」と、男たちに叫んだ。「異生物が逃げる先は一カ所だけ……格納庫だ！」

あの四体、鋼球のかつての乗員と、なにか関係があるにちがいない。

備品室のインターカムが音をたて、スクリーンにタカチュの顔がうつしだされる。困惑の表情だ。

「マスコチュ！」と、大声で、「いまどこにいる？　なにが起きたのだ？」

相談役はしぶしぶインターカムに近づき、あらためて報告した。

支配者は涙を流し、頭を揺さぶる。バアル煙の影響で、すべてをぼんやりとしか把握できないのだ。

「捕虜が逃亡したのです！」首席相談役は怒りをこらえてくりかえした。

「見たのか?」

「いえ」マスコチュがうなる。「しかし、主通廊で毒ガスを確認しました。考えられる理由はひとつです」

「きっと……きっと、酔ったアルトマクが、ホールのハッチを開けたんだろう」と、支配者が推測。

「それは考えていませんでした。ですが、そろそろ全員がどんちゃん騒ぎをやめて、事件を処理するべきでしょう」

「事件だと? やつらになにができるというんだ?」

相談役はため息をつくと、

「この艦を爆破するかもしれませんな!」

相手がなにかいう前に、スイッチを切った。これほど無礼な態度ははじめてだったが、あの泥酔ぶりでは、細かいことをおぼえていないにちがいない。

そのあいだも、備品室には若い連中が次々に集まってきた。とはいえ、ほとんどが酔っていて、防護服も着用できないありさまだ。

男たちをどなりつけ、なんとか防護服を身につけることのできた七体を連れて、主通廊に出た。

「戦闘になったら、同士討ちにならないよう、注意するんだ」と、相《あ》いかわらず怒ったまま命じる。「目標はホールにいちばん近い格納庫だ。連中、そこに侵入して、古い搭載艇を使うつもりだろう」

「ですが、脱出は不可能です！」と、一体が口をはさんだ。「格納庫の外扉は、制御室からでないと開けられません」

「手動システムがあるぞ！」と、べつの男が指摘する。

「しかし、捕虜の防護服はこちらにあります」と、最初の男が得意そうに、「敵にチャンスはありません」

「黙れ！」と、マスコチュは大声をはりあげ、「どうなるか、すぐにわかる。成功する見込みがなければ、そもそも脱走しないはずだからな！」

八体は問題のホールに到着した。捕虜のために用意した毒ガス室だ。相談役はハッチを開けて、なかをのぞきこむと、気密容器をさししめして、

「見ろ！　ハッチが壊されているぞ。やはり脱出したんだ。すでに格納庫に向かったにちがいない」

振り返り、空調施設に行って毒ガスをぬくよう、一体に指示すると、

「ほかの者は格納庫に向かうぞ！」と、命じた。

「このあいだに武器を入手しているでしょうか？」と、だれかがたずねる。

「いや、まだだろう！　それほど余裕があったとは思えない。ここから格納庫にまっす

ぐ向かったはずだ」マスコチュは通廊を横ぎり、格納庫の前に立った。「銃を使ってもいいが、かならず生け捕りにしろ。殺す前に、まだ聞きたいことがある」

＊

レムール大型戦闘艦の格納庫には、魚雷型の搭載艇が五隻あった。いずれも射出装置に載り、にぶく光る機首をエアロックに向けている。

メルヴァンはアルトマクが格納庫にいないのを確認。

アバルテスは内扉を閉めて、

「選び放題だぞ」と、皮肉をこめた。「どれにする？」

五隻とも、スタート準備がととのっているとは思えない。なんといっても、ゲルックスヴィラ転送機でカタストロフィが起きてから、数万年が経過しているのだ。それに、アルトマクが搭載艇をいじくった可能性もある。

「中央のやつにしよう！」と、メルヴァンは決めた。駆けよって、くりかえし周囲を観察。イモムシ生物がまだあらわれないのが不思議だ。捕虜の逃亡には、とっくに気づいたはずなのに。

それとも、脱出など不可能と確信しているのだろうか？

ハッチを開けて、コクピットにもぐりこみ、操縦シートについた。同僚ふたりもあとにつづく。複座なので、技術史家はグレイムーンと壁のあいだにすわるしかない。

メルヴァンは操縦コンソールを一瞥《いちべつ》。問題はなさそうだ。しかし、外見だけではわからない。

「操作法がわかるか?」と、グレイムーンが乱暴にたずねた。

「たぶんね」と、数理学者は、「搭載砲をチェックするんだ。すぐに使うぞ」

そう命じてから、レムール宇宙船技術の記憶を呼びおこす。知識はたっぷりあるが、実践ははじめてだ。スイッチに触れると、両手が震えるのがわかった。気をつけなければ。わずかなミスが破滅につながる。

「どうした?」と、インディオの末裔。「自信がないのか? おれがかわったほうがいいと思うが」

「じゃまするな!」と、プログラミング・エンジニアが口をはさんだ。「わかるだろう? むずかしい操作なんだ!」

アバルテスは立ちあがり、キャノピーごしに外をさししめし、

「やつらがきたぞ!」と、叫ぶ。「三、四体……いや、すくなくとも七体いる!」

メルヴァンはハッチを閉じ、

「やるしかないな!」と、大声を出した。両手を光るキイにすべらせる。リスクは大きいが、躊躇しているわけにはいかない。スタートに失敗すれば、チャンスはないのだ。

この数秒ですべてが決まる。

スクリーンにスタート準備完了と表示された。ここまでは順調だ。だが、カタパルトとの連動は、タイミングが微妙になる。カタパルトから射出された直後に、インパルス・エンジンを作動させないとならないから。

「準備完了。射出装置を作動させるぞ！」と、グレイムーンにどなる。「搭載砲の調整はすんだか？」

「発射準備完了！」プログラミング・エンジニアはかろうじて聞こえる程度の声でささやいた。

アバルテスが悪態をつく。イモムシ生物がコクピットのそばにやってきたのだ。こちらを発見したのはたしかだが、どうすればいいか、迷っているらしい。搭載艇のわきに茫然と立ちつくしている。

「やつら、武装している！」と、グレイムーンが、「あらゆる惑星にかけて！　連中がコクピットを撃とうと思いついたら、おしまいだぞ！」

リーダーは答えない。操縦に集中している。息をのんで、射出装置のスイッチを入れた。細長い艇体にかすかな振動がはしる。

次の瞬間、グレイムーンがインパルス砲を発射。太いビームがエアロック外扉を切り裂いた。

格納庫は一瞬にして靄《もや》のようなものにつつまれ、アルトマクが倒れる。搭載艇はまだスタートしない。

メルヴァンは操縦桿を握った。

第二のビームが発射され、二重のエアロック外扉を完全に破壊する。すさまじい減圧が生じ、イモムシ生物は凍った空気とともに、宇宙空間に飛びだした。

スタート・ボタンを押しこむと、小型艇は勢いよく射出される。外扉は完全に開いたわけではない。数理学者はその残骸をよけるため、本能的に操縦桿を前に倒した。外被が扉の破片と接触して、いやな音をたてる。だが、無傷で射出されたようだ。インパルス・エンジンが咆哮《ほうこう》して、母艦をはなれ、加速にかかった。

メルヴァンは緊張して、大型戦闘艦からの攻撃を待つ。しかし、なにも起こらない。死を運ぶビームはついに発射されなかった。

グレイムーンが安堵のため息を洩らす。アバルテスは大声をはりあげて、「脱出できたぞ！」

＊

突然の減圧にさらされたものの、致命傷にはならなかった。まもなく、静寂が訪れる。

マスコチュはしがみついていた柱をはなれ、破壊されたエアロックを横断して、控え室にはいった。部下の姿は見えない。全員が宇宙空間に投げだされ、命を落としたのだろう。自分が柱にしがみつけたこと自体、奇跡に近かった。

あらためて格納庫を眺めると、中央のカタパルトがひっくりかえっている。

それを確認して、インターカムに向かった。この事件で、酔った連中もいくらか理性をとりもどしたはずだ。

司令室を呼ぶと、運よくグロチュが応じた。この若い男は充分に知性が高い。状況を正確に把握できる。

「だれも格納庫に入れるな！」と、命じる。「不用意にハッチを開くと、減圧の影響が全域におよぶ危険がある」

「わかりました」若者は冷静に応じたあと、不安そうに声をひそめて、「ですが、あなたはどうやってもどるのですか？」

支配者の首席相談役はほほえんだ。答える前に、グロチュが正解に気づいたのだ。

「いったん外に出て、べつのエアロックからはいるのですね？」

「そのとおりだ。しかし、その前にタカチュと話す必要がある。そこにいるか？」

「いいえ、私室にもどりました！　たいへんご立腹のようすで、対話をもとめる者たちを蹴散らしました」

老アルトマクは礼をいい、回線を支配者の私室にまわさせた。しばらくすると、スクリーンが明るくなり、タカチュの驚いた顔がうつしだされる。支配者は恐怖心から、さらにバアル煙を吸引したようだ。目は充血し、涙嚢に体毛がはりついている。

「マス……マスコチュか！」と、声をはりあげ、「まんまと逃げられたようだな！　責任はとってもらうぞ！」

「ただちに追跡するのです、ウィルパー！」首席相談役は平然と応じた。「しかるべく、ご命令ください」

二万二千の鋼球帝国を統《す》べる絶対支配者が黙りこむ。明らかに、事態を把握していない。種族がこの状態で真の危機におちいったら、いったいどうなるか？　タカチュは些細な問題も処理できない……

「追跡だと？」支配者は急に興味を失ったようだ。「追跡して、意味があるのか？　どうせ、見つけられないぞ！」

「その可能性は否定できません」と、マスコチュは怒りをこらえて、「それでも、やってみなければ。あの二足生物たち、ここを脱出したら、かならず仲間に報告するでしょう……そして、もどってきます。大勢で！」

タカチュはようやく理解したようだ。

「なんとかしてくれ！」と、訴える。

「いい考えがあります、ウィルパー！　ついては、わたしに全権を委任していただきたいのですが」

「もちろんだ！　いまさらなにをいっている！」

「わかりました」相談役は満足した。「出撃可能な船をすべて動員します。敵は小型搭載艇で逃走しましたが、メールストロームのせいで、遠くまで行けないかもしれません。だとすれば、攻撃できるでしょう」

「で、おまえはどうする？」

「わたし……ですか？」

「つまり、おまえも出撃するのか？」

「当然です」と、マスコチュ。「わたしが捜索を指揮します！」

タカチュは失望をあらわに、

「では、ロボットの問題は余がかたづけるしかないな」

＊

マスコチュは十七隻のうち、十二隻を動員した。

「鋼球帝国の領域だけを捜索するのだ！」と、命じる。「その向こう側は、未知の領域だ。十二隻を危険にさらすわけにはいかない。敵を発見したら、ただちに全指揮官に報告せよ。各部隊は報告がありしだい、集結して敵の退路を断つ。しかし、当面は分散して、敵の捕捉につとめるのだ!」

僚艦がスクリーン上で、ゆっくり散開していくのがわかった。十二隻のうち、帰還できるのは十隻程度だ。これだけの大規模作戦の場合、損失も計算しなければならない。なんといっても、種族の技術的状態は良好どころではないのだから。しかも、乗員の大部分が能力不足といっていい。グロチュに匹敵するほどの技術と知識を保有する者は、ごく少数にすぎないのである。

なぜ、こういう状況にいたったのか……? もちろん、すべての責任は、アルトマクの頂点に居すわる太ったなまけ者、タカチュに帰する。

はっとした。まさか自分が、革命的思考をはぐくんでいたとは……! 革命を起こすには、老齢すぎると思っていたのだ。それに、実際には革命など実行不可能である。アルトマクの大半は、タカチュと同じくらい頽廃《たいはい》しているから……

思考を中断された。一隻から報告がはいったのだ。操縦に問題が発生したそうだ。しかも、問題を解決できる乗員がいないという。首席相談役はその艦の担当領域にべつの船を派遣し、操縦不能になった艦はべつの船が曳航するよう命じた。これで、部隊は十隻に減ったわけである。まだ作戦ははじまったばかりなのに。

2

《リフォージャー》はリニア飛行を終了した。メールストロームのせいで、コントロールは困難をきわめる。司令室要員は制御コンソールにかがみこみ、あるいはスクリーンを監視していた。

指揮をとるアラスカ・シェーデレーアが立ちあがり、艦長のレースブール少佐に、

「メールストローム内のエネルギー渦流のせいで、正確な探知ができない。だが、目標宙域に達していると考えていいな。受信した方位インパルスの発信源は、古レムール艦隊二万二千隻かもしれない。ゼウスの情報は正確だった」

レースブールは筋骨隆々とした大柄の男だ。顔は温厚な大型犬に似ており、両手はぽっちゃりして、話し方は思慮深い。

「その物体に接近できれば、事実がわかります。メールストローム内では、遠距離探知システムはまともに機能しませんから」

艦長はそう応じると、マスクの男を見て、

「もっと加速しますか?」

シェーデレーアは考えこんだ。レムール艦二万二千隻が実際に、この宙域に存在するとして、では太古になにが起きたのかという疑問がのこる。当時、艦隊を襲った危険が、まだ存在する可能性もあった。その場合、この艦を無用な危険にさらしたくはない。とはいえ、真実を知るためには、ある程度のリスクは覚悟しなければならなかった。

いずれにしても、この無人艦隊は興味深い。あるいは、きわめて重要な意味を持つかもしれない……

「艦隊に到達してからのことを、お考えなのですね?」と、艦長がうながす。

「そうだ、少佐」転送障害者はうなずいた。「艦隊を収容する前に、まず情報を収集しないとならない」

「《リフォージャー》を問題宙域に突入させましょう」

「だめだ。危険すぎる。その前に、搭載艇で偵察する。この艦が動くのは、安全が確認されてからだ」

「指揮官はあなたです」と、レースブールがしぶしぶ応じる。

「偵察に同行する要員をふたり、選んでもらいたい」と、アラスカは、「わたしのキャビンに出頭させてくれ」

艦長が復唱するのを待たずに、キャビンにもどった。錠をかけ、プラスティック・マスクをはずす。カピンの断片が強く光り、床で反射した。この組織塊にもすっかり慣れ、ふだんはほとんど気にならないが、このメールストロームに漂着してからは、輝きが増したようだ。この領域で、はげしいエネルギー現象が生じている証拠である。

両手で表面に触れると、相いかわらず柔らかい。

転送ジャンプでカピンと衝突してから、どのくらいたっただろうか？

顔の細胞構造が、原子レベルでカピンの肉体と融合してしまったのだ。それ以来、この組織塊は顔にはりついたままだった。断片自体はあらゆる五次元・六次元放射に反応する。顔をおおうマスクは、単純なプラスティックでなければならない。バイオモルプラストなどの半組織物質では、断片が反撥するのだ。もっとも、マスクは断片を保護するものではないが。ほとんどの知性体は、カピンの断片を見ると狂気におちいり、死んでしまうのである……

壁のせまいキャビネットに近づき、殲滅《せんめつ》スーツをとりだした。サイノスから譲られた謎のスーツは、徹底的な調査をくりかえしたにもかかわらず、テラの科学陣ではその構造を解明できなかったもの。いまはふたたびアラスカが所有し、たえず持ち歩いていた。最高性能兵器という以外は、謎につつまれた存在だが、緊急の場合はいつも役にたつ。最近では、アルキ＝トリトランスの制御ステーションで使用した。

とはいえ、不気味な存在であるのに変わりはない。シェーデレーア本人も、やむをえない場合以外は身につけないことにしている。

もっとも、それは殲滅スーツのせいだけでなく、カピンの断片も関係していたが。

カピンの断片を宿す男が、殲滅スーツを身につけたら……それはもう〝異人〟そのものであった。

孤独には慣れている。だが、人々のあからさまな拒否の態度はわずらわしい。

ベッドに殲滅スーツをひろげた。搭載艇に乗る前に着用しておくつもりだ。レムール艦隊にどういう危険がひそんでいるか、まだわからないが、用心にこしたことはない。

だれかがノックした。

マスクをもとにもどし、ドアを開ける。

男がふたり、立っていた。

ひとりは知っている。搭載艇要員のグラシラー軍曹だ。中背で痩軀。明るい色の目。寡黙だが、決断力がある。

軍曹は会釈すると、もうひとりをさししめし、

「ケリオ・マルドーンです、サー！」

アラスカはほほえむアフロテラナーを見つめた。頰骨がつきだし、唇は厚く、額が秀でている。頭髪はない。おそらく、毛根から除去したのだろう。一時期、太陽系艦隊で流行したスタイルだ。

「ごくろう！」と、声をかける。「わたしの自己紹介はいらないな。任務についても、レースブールから聞いていると思うが」

「偵察飛行ですね」マルドーンがまた微笑した。「参加できて光栄です」

社交辞令なのか、心からの言葉なのか、なんともいえない。

「どっちが操縦する？」と、グラシラーにたずねる。

「ふたりとも、操縦できます」

「では、きみに操縦を担当してもらう」と、決めた。「マルドーンは通信機と火器管制だ。わたしは探知と監視をうけもつ」

「武器が必要になるとお思いで？」と、軍曹がたずねる。

「そうならないよう願うが」と、マスクの男はようやくドアを全開にして、ふたりがキャビンにはいれるようにした。グラシラーはベッドに近づくと、

「これが？」と、短くたずねた。

「そうだ」

「話は何度も耳にしましたが」と、マルドーンもベッドに歩みより、「よくある法螺《ほら》話だとばかり思っていました」

「だろうな」アラスカはいらだった。ふたりとも、無遠慮に興味をしめしている。もうすこし思慮深く行動できないのか……

「さわってもいいですか?」と、マルドーン。

そこまでするのか……! シェーデレーアは怒りをこらえ、うなずいた。男が殲滅スーツの表面を、両手でなでる。貴重な毛皮かなにかをあつかう手つきで。

「こっちにきてみろ!」と、グラシラーを手招きして、「なめらかで、冷たいぞ」

「手をはなせ!」と、軍曹がたしなめた。アラスカの心情を悟ったようだ。

マルドーンは立ちあがり、気まずそうに笑みを浮かべる。

転送障害者はそれを無視して、時計に目をやり、

「準備してくれ。三十分後に出発する。格納庫に集合だ」

三人でキャビンを出た。マルドーンはまた好奇心むきだしで、

「あれを身につけるのですか?」

「そうだ」

シェーデレーアは司令室に通じる反重力シャフトの前で、ふたりとわかれた。シャフトにはいって、上昇を開始すると、下からマルドーンの笑い声が響く。自分が笑われているのではないが、それでも心臓が締めつけられる気がした。

出発前から、すでにあのふたりとのあいだに、深い溝が生じたということ。

とはいえ、ほかの者に交代させても、意味がない。また同じ問題が起きる。

こういう状態も、甘受しなければ。もともと、自分が一歩ひいているために、他者か

ら浮いてしまうのである。

　司令室にはいった。

「考えるかぎり、もっとも信頼できるふたりを選びました」と、レースブールが挨拶がわりに声をかけてくる。「マルドーンとは、長年いっしょに飛んでいますが、問題が起きたことはありません。グラシラーはもっとも熟練したパイロットです」

「けっこう」と、マスクの男はいった。「では、飛行コースを確認しよう。きみにも、こちらのポジションを把握しておいてもらいたい」

　メールストロームでは、不可欠な作業だ。《リフォージャー》との連絡は、スタートしてすぐ途絶するはずだから。

3

テラ転送技術者三名の乗るレムール搭載艇は、大型戦闘艦にゆっくり接近していった。スタッコン・メルヴァンは探知機から目をはなさない。さいわい、周囲にアルトマク船の姿はないようだ。

「ここならいいだろう」と、アバルテスとグレイムーンに声をかける。

「もしアルトマクが艦内にいたら？」と、プログラミング・エンジニア。

「連中、わずかな艦しか占領していない」と、数理学者は応じた。「これが占領されていたら、不運だったということだ。ともかく、付近にアルトマク船はいない」

なんとか脱出には成功したが、このまま逃走するには、それなりの物資を調達しなければならない。なにより、防護服と武器、食糧は緊急に必要だ。

「エアロックはすべて閉まっているな」と、アバルテスが報告する。

「問題ない」と、グレイムーンが、「この船の機器で、外から開けられる」

メルヴァンは大型艦の周囲を飛びはじめた。しばらくすると、外被に光るものを発見して、ふたりに告げる。

プログラミング・エンジニアは顎をかいて、

「なんだろう？　ハッチではなさそうだが」

「外側にはりついているみたいだな」と、技術史家もつぶやいた。

「なにかが堆積したのだろうか？」と、メルヴァンはうなずき、「メールストロームの物質かもしれない」

「円になっている」と、アバルテス。「だが、危険はなさそうだ」

「無視しよう」と、グレイムーンが提案する。

数理学者は迷った。たとえ無害なものでも、無用なリスクはおかしたくない。アルトマクの捕虜になったのも、もとはといえば、性急に行動したせいだった。

結局、戦闘艦の周囲を数回まわったあと、こんどは上極に向かう。

「今回は愚直なくらい徹底的だな」と、アバルテスが皮肉をこめた。

上極には、数十の光点があり、それが輝く帽子のように見える。

「気に入らないな」と、つぶやいた。「一種のエネルギー形態が沈積したのかもしれない。もちろん、ぜんぜん違う物質の可能性もあるが」

できれば、この艦をあきらめて、次の大型艦まで飛びたい。しかし、時間がたてば、それだけアルトマクに遭遇する危険が高まる。

ふたたび捕虜になったら、もう脱出は不可能だろう。

反面、この艦なら、イモムシ生物と出会う可能性は低い……

思いは大きく揺れたが、最後はこの艦に決めた。搭載艇を格納庫エアロックの手前で相対的に静止させると、

「インパルスを発信するんだ！」と、アバルテスに命じる。「エアロックが開けばいいが」

「うまくいくに決まってる！」と、技術史家はうなり、機器を操作。まもなく、外扉が開いた。

「なかはからだぞ！」と、プログラミング・エンジニアが安堵の声をあげる。

数理学者はうなずき、操縦コンソールに向かった。内扉を開く瞬間が問題だ。武装したアルトマクが待ちうけている可能性がある。

搭載艇を進入させると、エアロックの外でなにかが光った。

驚いて、振り返る。

「なんだ？」と、グレイムーンも、「攻撃されたのか？」

「違うな」と、アバルテス。いつもほど自信たっぷりではない。「なにかがつづいて、はいってきたらしい」

そういうと、立ちあがり、コクピットから外を見つめる。メルヴァンはいつでも再ス

タートできるよう、操縦桿を握りしめた。

「光の反射だったのか？」グレイムーンが考えこむ。「メールストロームでは、奇妙なエネルギー現象が起きる。きっと反射だったんだ」

それ以上の変化はない。どうやら、プログラミング・エンジニアのいうとおりらしい。あるいは、目の錯覚だったのか……それでも、不安がつのる。

「なにを待っているんだ？」と、インディオの末裔が、「早く主ハッチを開けて、着艦しよう」

「どうも気に入らない」と、リーダーは、「なにかがおかしい。そう思わないか？」

アバルテスはまた立ちあがり、コクピットの外を見まわして、

「なにも見えないぞ。光もない。神経質になっているだけだ。そのうち、暗がりに化け物がいるといいだすんじゃないのか？」

「そうだな」メルヴァンは認めた。「とりのこされた気分のせいだ。人類から遠くはなれてしまったから」

「よし、わかった」と、技術史家はしばらくして、「運をためしてみようぜ。主ハッチを開けるんだ」

アバルテスはレムール技術の専門家だ。搭載艇内の機器についても熟知していた。エアロック主ハッチの開閉用スイッチも、ひと目でわかる。

数理学者は思わず息をとめて、主ハッチが開いていくのを見つめた。しかし、格納庫は無人で、とくに問題もなさそうだ。

カタパルトがふさがっているので、搭載艇を床に直接降ろす。エンジンが停止すると、ふたりの連れが安堵のため息をつくのが聞こえた。

「アルトマクはいない！」と、グレイムーンが、「運がよかった。気圧が正常になれば降りられる」

搭載艇の背後から、外で見た光る物体もつづいて格納庫にはいってきたが、三人はそれに気づかず、主ハッチを閉じた。

メルヴァンは格納庫内に空気が充満するのを確認すると、

「異常なしだな」と、満足していった。「外に出てもだいじょうぶだ」

三人は格納庫に出て、周囲を見まわした。

主ハッチのそばにレムール人の骸骨二体がある。

「艦内を調べて、必要な装備を調達しよう」と、メルヴァンがうながした。

「時間はかからないだろう、それから……」と、グレイムーンがいいかけて、次の瞬間、警告の叫び声をあげる。目を大きく見開いて、主ハッチを指さしながら。

数理学者は振り返り、息をのんだ。奇妙な物体が主ハッチの近くを漂っていたのだ。光るクラゲのようで、直径は一メートルほど。数十体はいる。呼吸するかのように脈動し、その反動で風船のように浮遊していた。

「外で見た、例の光だ」アバルテスが声をひそめ、「エネルギー生命体にちがいない」

物体が金属に触れるたびに、稲妻がはしる。

「さっきの光だ！」メルヴァンが声をあげた。「いっしょにはいってきたんだ！」

侵入してきた物体は、泡状に連なって、三人に近づいてくる。

「逃げよう！　接触したら、致命傷を負うかもしれない！」

三人はハッチに駆けよった。

主通廊に出る前に、もう一度振り返る。

奇妙な物体は追ってくるが、知性体ではないようだ。おそらく、本能的に動いているだけだろう。

＊

グラシラーは三座駆逐機RE＝7の操縦シートにすわり、両手で操縦コンソールを操作していた。

「文字どおりの手探り飛行ですな」と、緊張した声で、「《リフォージャー》との通信がとだえてから、レムール艦の方位インパルス以外は、なにも基準になるものがありません」

「コースの維持がむずかしいのは、覚悟していたではないか」と、アラスカ・シェーデレーアがはげます。「それでも、やってみなければ。可能な範囲内でコースを変更して、レムール艦に近づくんだ」

当面、危険はないはずだが、三人とも念のため、宇宙服のヘルメットは閉じていた。メールストロームの輝きは非現実的だ。近くの恒星が、遠い霧灯のようににじんで見えるかと思うと、うずまく星間ガスの中央には、またべつの謎に満ちた光源がある。ふたつの銀河を結ぶこの領域は、混沌そのものといっていい。数百万年前……あるいは数十億年前に、この宙域で宇宙的規模のカタストロフィが発生したのだ。この自然現象で、無数の生物が滅亡したにちがいない……

アラスカが思いをめぐらせていると、マルドーンが咳ばらいした。「先ほどから、質量走査機に規則的な反応があります。微弱な反応ですが、正体を確認したほうがいいでしょう」

転送障害者は探知スクリーンに注意をもどす。

「この状況では、正確な判定は困難ですが、小型船からなる船団のようです。やはりメールストロームの影響で、実際はこの計測結果より近くにいると思われます」

「どう思う？」と、軍曹にたずねた。

「わかりません」グラシラーは肩をすくめ、「このインパルスを見るかぎり、編隊を組んでいるようすはありませんね。秩序ある編隊を維持できないのか……相互間の通信が途絶している可能性が高いと思います」

「そのとおりだ」アラスカは答えた。「船団ではなく、残骸かもしれない」

「わたしもそう考えました」と、マルドーンが口をはさむ。「きっと破壊されたレムール艦でしょうが、接近して観察する必要があります」

マスクの男は考えこんだ。この程度のリスクを回避していたのでは、レムール大艦隊がどういう運命にみまわれたか、わかるはずがない。

「慎重に接近しよう！」と、軍曹に命じる。「メールストロームの錯覚作用に注意してくれ」グラシラーが身じろぎするのを見て、つけくわえた。「むずかしい要求なのはわかっているが、それでもやってみるほかない」

RE＝7は加速性と機動性にすぐれた機種で、本来こういった偵察飛行には最適だ。しかし、メールストロームではその能力も充分に発揮できない。万一、危険に遭遇した場合、その性能をどこまでひきだせるか、それもわからないのである。

「残骸ではありません！」しばらくして、マルドーンが断定した。「メールストローム内で、この速度を維持できる残骸は存在しません！」

「爆発時の速度をたもっているんじゃないのか？」と、パイロットが応じる。

マルドーンは鼻で笑って、

「この場合、メールストロームのヴェール状星間物質が、減速ファクターになるんだ。爆発時の速度だとすると、たったいま爆発したことになる」

「その可能性は？　ありえるだろうか？」と、シェーデレーア。

「爆発は計測していませんからね。やはり、小型宇宙船だと思います。さっきは計測結果より近いといいましたが、実際はもっとはなれているのかもしれません。どちらにしても、この領域ではよくある錯覚です」マルドーンはスクリーンをさししめし、「編隊が組めないのではなく、距離をたもっているのでしょう」

「確信があるようだな」アラスカがいった。「たしかに、論理的だ」

「ええ。さらに推理を進めると……なにかを捜索しているように見えます」

「本気にしないでください」と、パイロットは笑い声をあげ、「マルドーンのやつ、預言者を気どるのが好きでして。もっとも、的中率もかなり高いんですが」

「われわれを探しているのだろうか？」と、転送障害者。

「それはないでしょう。ともかく、これ以上は推理もできません」

「どうしますか？」と、グラシラーがたずねる。

「慎重に接近しよう！」シェーデレーアは興味がわいてきた。レムール宙航士の末裔が生きているとは思えないが、べつの知性体が艦隊に関心を持っている可能性はある。

「これがゼウスの罠だという可能性もあると思いますが」と、軍曹がいった。

「たしかに」マスクの男は認めた。「だが、罠ではないと思う。《リフォージャー》が帰還しなかった場合、ゼウスの立場はいっきに悪くなるからな……いや、一隻を葬っても、意味がないだろう」

「いわれてみれば、そのとおりですね」パイロットはうなずいて、「それでも、あの生物は謎だらけです。人類とはべつの行動様式があるのかもしれません」

未知飛行物体はこれまでのところ、コースを変更していない。こちらを発見していたとしても、いっさい無視している。

やがて、飛行物体がいきなり光学スクリーンにうつしだされた。数マイルしかはなれていない。

三人は緊張してスクリーンを見つめる。

箱型の物体で、慣性飛行をつづけているようだ。想像以上に接近していたことで、メールストローム内での探知が信用できないと、あらためて証明されたわけである。

「小型輸送船のようです」と、グラシラーが振り返り、ヘルメットごしに、「レムール技術はご存じですよね、サー？」

「ひととおりは」アラスカはゆっくり答えた。「これはレムール船ではないな」

「それでも、明らかに宇宙船です」と、マルドーン。「つまり、危険な存在かもしれません」

そのとき、うずまく星間ガスのなかから、二隻めの〝箱型船〟が出現した。軍曹はあわてて操縦コンソールに手をやったが、シェーデレーアがその肩をたたき、

「待て!」と、声をあげる。「危険はなさそうだ」

「相手に発見されました!」マルドーンが冷静に告げた。

だが、マスクの男はその声が耳にはいらない。異様な熱狂につつまれていたのだ。すぐ近くに、大宇宙の未知領域をさまよう種族がいる! 情報を得る絶好のチャンスだ。それに、箱型船の乗員とレムール人との関係も知りたい。とはいえ、いまテラナーが出現したら、箱型船の異生物がレムール艦隊の領有を主張して、問題を起こす可能性もある。

「気に入りませんね」と、グラシラーが、「軽率な行動はつつしむべきです、サー」

アラスカは自分の胸をたたいて、

「わたしには、殲滅スーツがある」と、自信たっぷりに、「恐れる必要はない」

「わたしはリアリストでして、サー!」と、軍曹。「わたしにとっては、それも防護服の一種にすぎません。至近距離から砲撃されたら、一巻の終わりでしょう」

「もういい!」転送障害者は声を荒らげた。「箱型船に集中するんだ!」

パイロットはヘルメットの奥で顔をゆがめたが、それ以上の反論はひかえる。

またしても、仲間との溝が深まった……と、マスクの男は考えた。だが、この異常な

スーツを身につけると、自分自身が変化してしまうのだ。

これ以上、影響をうけつづけていいのか……そう考えるが、ほかに選択の余地はない。

＊

マスコチュは重大な事実と対峙することになった。あらたに出現した小型宇宙船が、逃亡者のものではないと判明したのだ。それどころか、これまでに見たこともないものだった。あらたな異生物が登場したのである。

あの四体は単独行動していたわけではなかった。疑念が現実のものになったのだ。あの小型宇宙船、二万二千の鋼球帝国を飛びまわり、行方不明になった仲間を探すつもりにちがいない。

異生物の船をくわしく観察する。

メールストロームの影響をうけているらしい。でなければ、こちらをとうに発見しているはずだ。それとも、例の四人の安全を考慮して、攻撃してこないのか？　もしかすると、このまま交渉を持ちかけてくるかもしれない。

こちらはどう反応するべきだろうか？　慎重に熟慮をかさねる。異生物の技術力はわからないが、なんらかの策をめぐらしているはずだ。ミスは許されない。

そのあいだにも、僚船が次々に到着した。

「ともかく、数では優勢だ」と、おのれにいい聞かせるようにつぶやく。

僚船から、指示をあおぐ通信がはいった。

「しばらくは待機するのだ！」と、応じる。まだ決断できない。

そのまま、時間が経過。異船は相いかわらず、単独行動をつづけている。ほかに仲間はいないようだ。そうなると、状況は単純なものになる。あの程度の小型船なら、なんなく破壊できるから。

いや、かならず破壊しなくてはならない……！

さもないと、捕虜四体をどうあつかったか、異生物に知られてしまう！

マスコチュはほかの船とも連絡をとり、砲撃準備を命じた。

「最初の一撃で、成果を出すのだ！」と、伝える。「第二のチャンスはないと思え！」

もっとも、決断はしたが、これが正しい解決法なのかどうか、まだ確信できない。種族は理解不能な状況にまきこまれていくのではないか？　このままでは、致命傷になりかねない状況に。

一方、アルトマクの未来はどう考えても憂鬱なものであった。だから、ここで勝利しても、ほとんど意味はない……

4

スタッコン・メルヴァンは振り返った。輝くエネルギー球は、通廊の奥を漂っている。

とはいえ、三人を追ってはこない。ほかのものに関心がうつったようだ。

「待て！」と、同僚ふたりに声をかける。「もう追ってこない。連中の行動や正体を、確認できるかもしれないぞ」

エネルギー球は壁ぎわに静止していた。

「宇宙エネルギー藻だな！」と、グレイムーンがつぶやく。「金属に付着すると、安心するようだ」

「真空中で、なぜ生存できるんだ？」と、アバルテスは考えながら、「純粋エネルギー生命というなら、説明できるが。メールストロームと密接な関係があるにちがいない。こういうエネルギー渦流のなかでだけ、生存可能なんだ」

「とにかく、通常空間の常識が通用しない存在なのはたしかだ」と、数理学者。「特殊な刺激に反応するエネルギー現象があり、それが古レムール艦との遭遇をきっかけに、顕在化したのかもしれない」

「すると、パラ不安定物質ということか?」プログラミング・エンジニアがたずねる。

リーダーはうなずいて、

「虚無から発生し、振動、インパルス流、エネルギー重層が部分的に融合したものだと仮定するほかない。おそらく、固体に遭遇して変化するのだろう。この場合は二万二千隻のレムール艦が、いわゆる〝刺激剤〟になったのだ」

「そうかもしれないな」アバルテスも認めた。「だが、ほかにもいろいろ説明はなりたつ。ま、待とう。とにかく、接近しなくては、情報も得られない」

ゆっくりもとの場所にもどる。エネルギー藻はすべて通廊の壁にはりついていた。

「見ろ!」と、グレイムーンが驚愕の声をあげる。未知物体がいきなり膨脹しはじめたのである。

メルヴァンは青ざめ、

「これを恐れていたんだ」と、つぶやいた。

「どういうことだ?」と、技術史家が叫ぶ。「話してくれ!」

「現象をよく観察してみろ!」と、数理学者。「そうすれば、とんでもない危険に直面しているとわかる」

男たちは憑かれたように壁の物体を凝視した。すでに一メートル大の半球に膨れあがり、光も増している。

やがて、その半球が弾《はじ》け、エネルギーが飛散。そのなかから、第二のエネルギー藻が漂いでてきた。

インディオの末裔がうめき声をあげ、

「分裂した！」

「そうだ」メルヴァンはそれしかいわない。

「エネルギーを充分に吸収すると、分裂段階に進むのか……」と、グレイムーンがあきれて、「向こうのやつも、次の分裂にはいっている。つまり、いずれ艦内が連中で埋めつくされるということ」

リーダーは気をとりなおして、

「できるかぎり速く装備を集めて、ここから逃げだそう」と、いった。「でないと、艦内もメールストロームみたいになるぞ」

「奇妙だな。この生物、なぜ群れになって発生したんだ？」と、プログラミング・エンジニアがつぶやく。「知性はまったくないから、ただ漂っているだけのはずなのに」

「誘導インパルスを発して、ひきつけあっているんだな」と、数理学者は応じた。「つまり、自分たちも〝刺激剤〟として作用するようになるんだ。それがエネルギー構造の飽和状態を導き、その結果、いま見た現象が生じる……」

そのあと、皮肉をこめて、

「状況がいまほど絶望的でなければ、エネルギー藻は興味深い研究材料だ。ともかく、こういうパターンの生物が生じるとは、考えたこともなかった。パラ不安定物質からなり、共同体指向を持つ構造的過負荷分裂体……パラ不安定エネルギー・コミューンといったところか」

「よければ、エネルギー藻と呼びつづけたいね」と、アバルテスがまぜかえす。「ここは科学セミナーじゃない。われわれ、死の危険に直面しているわけだ」

メルヴァンは応えない。エネルギー藻の登場に気をとられていたが、そのとおりなのだ。

また分裂がはじまるらしい。物質の一部がはげしく光りはじめる。半球から放電がはしり、はりついた壁をきれいに溶かした。

「信じられない！」と、思わずまた声をあげる。「鋼の壁を貫通したぞ。分裂の直前になると、よぶんなエネルギーを放出するんだな」

同僚を振り返り、

「つまり、艦内に安全な場所はないということ。どこにでも進入して、増殖できる」

「たしかに、ネズミ算式に増えるな」と、グレイムーン。

「うまいたとえだ」と、数理学者は、「いつか艦そのものが消滅して、全体がエネルギー藻の塊りになるんだろう」

＊

アラスカ・シェーデレーアは箱型宇宙船を監視していた。原始的な飛行物体は、すでに十隻に増えている。

「連中、作戦がうまくいっていないようです」と、グラシラーがコメント。「宇宙航行を知らないようにも見えます」

この段階で、相手の出方を予想しても無意味だろう。箱型船の技術段階では、まともな機動ができないのかもしれないし、あわてて出撃したため、なにか致命的ミスをおかした可能性もある。

「こちらが先手をとろう」と、マスクの男は提案した。「向こうは臆病なようだ。マルドーン、通信を準備してくれ。通常の単純なシグナルを発信するのだ。こういうコンタクトで、一般的に使うようなものを」

ケリオはためらい、

「なぜ向こうの出方を見ないのですか？」

「待っていても、動かないからさ」と、グラシラーがかわって答える。

「向こうが不安にかられる前に、行動したいのだ」と、シェーデレーアはつけくわえた。

マルドーンがうなずき、通信機に向かうと……

次の瞬間、攻撃をうける。アラスカはエネルギー・ビームが宇宙空間を切り裂く前に、危険を察知した……その感覚はうまく表現できないが。ともかく、あぶないと思った瞬間、周囲が炎につつまれたのである。

＊

アラスカ・シェーデレーアは意識をとりもどした。なんとか現実を認識しようとするが、うまくいかない。しばらくして、自分がひとりなのを悟り、愕然とする。三座駆逐機も、箱型船も見えないのだ。グラシラーとマルドーンも。ひとりでメールストロームを漂っている……

はっとして、からだに触れる。さいわい、防護服は問題なく機能しているらしい。

まだ生きているのは、奇跡に近い。

それとも、殲滅スーツのおかげか……？

いったい、なにがあったのだ？

おぼえているのは、すさまじい光に襲われ、すべてが消えたことだけだ。そのあと、ものすごい圧力をうけて、失神したような気がする。

あの危機的状況から、どうやって助かったのか？

やはり、殲滅スーツを身につけていたせいだろうか？　このスーツには、まだ未知の能力が秘められているようだが……

さらに思索をつづける。

駆逐機は爆発したにちがいない。にもかかわらず、脱出できたらしい。

そして、いまはひとりでメールストロームを漂っている。《リフォージャー》やレムール艦隊から、どのくらいはなれてしまったのか……？

飛翔装置を使うことはできるが、それでどこに向かえばいいか？

殲滅スーツのおかげで助かったとしても、こんどは長く苦しい死を待つだけだ。

愕然とする。

では、この状況でなにをすればいいか？

グラシラーとマルドーンは、おそらく生きていないだろう。ふたりの死に責任を感じる。軽率だった。最期の瞬間、ふたりはなにを考えていたのだろうか？　自分の指示は、熟練した宙航士にとり、不可解なものだったにちがいない。ふたりだけだったら、悲惨な運命を避けられたかもしれない……

またしても、現実との接点を見失ってしまった。これほど孤独な環境におかれると、生命の基本である自己保存本能すら機能しないようだ。

すすり泣く。

どうなってしまったのだ……？

腕を持ちあげ、酸素供給システムのスイッチに手をやった。軽く動かせば、酸素供給がとまり、窒息する。

突然、殲滅スーツの存在を意識した。見知らぬ者に、抱きしめられているような感覚をおぼえる。顔面では、カピンの断片が脈動しはじめた。まだおのれをコントロールできるだろうか？　それとも、はるか昔から、べつの存在に〝動かされて〟いるのだろうか……？

腕をおろす。自殺では、問題は解決しない。

飛翔装置を作動させた。とにかく、こうやって待ちうける運命を見定めるのだ。

*

マスコチュは無力感に襲われた。異生物の小型船を爆破したことで、相互理解の可能性をすべて絶ってしまったのだ。未知者はシグナルを送ろうとしたようだが、それもかなわなかった。種族はこのまま滅亡への道を這いつづけるほかない。

そのまま、制御コンソールの前に横たわり、機器を眺めつづける。だが、数値はまったく目にはいらない。まだ、この状況をうけとめられずにいるのだ。おそらく、今回の失策は、いま考えているより、もっと深刻なものになるだろう。

逃亡者の捜索はやめさせた。あの四体が同胞のもとにもどる可能性は、ほとんどないから。船団は散開し、もとのポジションにもどっている。マスコチュの船も、中央艦にもどる途中だった。

もっとも、疲労をおぼえるのは、この件のためばかりではない。ここ数日の出来ごとに、すっかり嫌気がさしていたのだ。おのれの人生はなんなのか？

たしかに、自分はタカチュの顧問グループのなかで、もっとも重要なポジションにあり、権力と名声をほしいままにしてきた。支配者を意のままにあやつるため、その側女を手なずけもした。

だが、いま思うと、それも自由を獲得するための試みというより、ただの逃避行動にすぎなかったようだ……

中央艦に到着した。また、無理やり現実にひきもどされる。タカチュのもとには出頭せず、自室にもどって、若いグロチュを呼んだ。

ドアを閉めると、

「首席相談役としてのキャリアは終わりにする」と、単刀直入に告げる。「タカチュには、事件の責任はわたしにあると報告するつもりだ」

グロチュは愕然として、

「どういうことですか？　お疲れのようすですが」

マスコチュは笑って、

「疲れているさ」と、認めた。「だが、肉体の問題ではない。精神的に疲れたのだ。ずっと戦いがつづいているのに、それに気づかなかった……わたしの敵は、寛容と愚鈍さだったのだが。その戦いに負けたのだ」

「アルトマクには、あなたが必要です！」と、若者は訴えた。「なにをなさる気か知りませんが、とにかく実行しないでください！」

「わたしはだれにも必要とされていない」と、老アルトマク。「大きな勘違いだったのだ。自然法則に逆らってきたが、それが間違いだった」

グロチュが口をつぐむ。老師の内なる興奮は感じられたが、理解はできない。

「ここで待っていてくれ」と、マスコチュはたのんだ。「支配者のところに顔を出すが、すぐもどってくるから。そのあいだ、旅に同行してくれるかどうか、考えておくのだ」

若いアルトマクの顔面の毛が逆だつ。

「旅というと？」と、半信半疑で、「種族を見捨てるのですか？」

「そうだ。きみにも同行してもらいたい」

首席相談役は若者をおいて、通廊に出た。タカチュの部屋に向かうあいだ、数体とすれちがったが、だれも声をかけてこない。捕虜の逃走は知っているはずなのに。種族はまた、もとの状態にもどっていた。メールストロームでなにが起きようと、まったく無関心なのである。

支配者が開催する〝どんちゃん騒ぎ〟のほうが、重要なのだ。

意外にも、タカチュは待ちかねていた。

「なぜこれほど遅くなったのだ？」と、挨拶ぬきで不満をあらわにする。「知っているぞ。ずっと前にもどったのは」

「今後について、考えていたのです」と、相談役は、「あなたとの会見は、これが最後です、ウィルパー。帝国からはなれることにしました」

支配者の反応は予想しがたかったが、その答えは想像をこえていた。

「わかっていたぞ。いずれこうなると」と、タカチュは冷静に告げたのである。「はっきり予測していた」

いつもの尊大な口調ではない。つまり、真実を語っているということ。信じられないが、それだけ先見の明があったらしい。

「捕虜は逃げました」と、マスコチュはようやく口を開き、「申しわけありません、ウィルパー。しかし、種族の状況については、すでに何度も忠告してきたとおりです。捕虜を捜索するあいだに、異宇宙船に遭遇しました。帝国に侵入してきたあの四体が属する種族の船でしょう。さいわい、撃墜できましたが」

「異生物はさらにあらわれるだろうか？」

「わかりません」

両者はそれぞれの思いに沈んだ。

「行かせるわけにはいかん」しばらくして、支配者が告げる。相いかわらず真剣な表情だ。「おまえの望みや理由は、わからなくもない。だが、種族のことを考えなければ。余はそのために、ここにいるのだから」

老アルトマクは相手を見つめた。まるで、見知らぬ者のようである。

支配者はいつから種族のことを考えていたのだろうか？

「おまえが去るのは、余の政治に対する、あからさまな批判のためだろう」その声には、悲しげな響きがある。「余には無理なのだ……」

「ばかげています、ウィルパー！」マスコチュはいらだった。はじめて見るタカチュの姿に、不安を感じて。「わたしが出ていったあと、べつの者を首席相談役にすればいいのです」

「おまえはこれまで、おのれの地位をそれほど低く見ていたのか？　そうではあるまい」と、支配者がつづける。「種族のすべてが、おまえにかかっているのだ。なすべきことは、すべておまえがやった。余はよくも悪くも、代理人にすぎないのだ」

マスコチュは緊張して、太った主人を見つめた。非常に聡明な印象である。危険なほどに。

「おまえが飛行中の事故で死ねば、すべてがかたづくのだが」と、タカチュは、

「首席相談役が作戦中に死ぬのと、主人を見かぎって出ていくのとでは、まるで違う！」

「では、罷免してください！」老アルトマクは懇願した。「追放してください！」

「それは無理だ！　余はこれまで、おまえの考えるとおりにふるまってきた。全員がそれを承知している。おまえもわかっているはずだ」

「いえ」と、マスコチュは口ごもる。動揺をかくせない。「そうはならないと思います。それについては、よく考えました」

支配者は勢いよく這いだし、ドアの前にたちはだかった。意味は明白だ。

「考えなど役にたたない。変心は許さん！」

そういうと、いきなり両手で銃をかまえる。

「いけません！」相談役は愕然として、「あなたには撃てません、ウィルパー！」

「おろかで、傲慢なやつめ！」タカチュは苦々しい表情でどなった。「きさまのために、どれだけ道化を演じてきたと思っているのだ？　このゲームを終わらせることができるのは、余のほかにいない！」

「のこります！」と、老アルトマクは必死の形相で、「約束します！」

「嘘だな！　チャンスを見つけて、逃げだすつもりだろう。われわれ、双方ともわかっているのだ。余に選択肢はない。いまここできさまを殺す。そうすれば、これからも支

配者として、全員がうけいれる」

マスコチュは黙りこんだ。不安にさいなまれながらも、タカチュが正しいと認識したのだ。すべて〝二万二千の鋼球帝国〟を支配する男のいうとおりだった。単純な思考回路ながら、この男はすべてを理解し、それにふさわしく行動していたのである。

支配者は銃をかまえたまま、

「よく考えろ!」と、おだやかに告げた。「そうすれば、わかるはずだぞ」

しばらく無言で視線をかわす。

首席相談役はうちひしがれた。相手を完全に見くびっていたのだ。いや、理解しようとしたこともなかったのである。この男は大食漢のなまけ者で、思うままに操作できると、ずっと思いこんでいたのだが……

「あなたのことが、やっとわかりました」と、つぶやく。

「そうだろうな!」と、タカチュが声をはりあげた。「おまえは知性が高く、いまも状況を正確に把握した。いささかさびしくなるが、若い世代のなかにも、ともに行動できる者がいる。たとえば、グロチュがそうだ」

「なんと!」と、老アルトマクは思わず声を洩らす。「あの男の能力を、ご存じなのですか?」

「おまえがだれを重用《ちょうよう》するか、ずっと観察していたからな」

こういわれると、返す言葉がない。自分でまいた種というわけだ。支配者の決定的結論に対しては、もう反論の余地がないということ。

若いころの習性がよみがえり、相手と戦おうと決意する。相談役の肉体は、年齢のわりにひきしまっている……主人とは正反対に。

しかし、今回はその優位も役にたたなかった。

動きだしたとたん、撃たれたのである。

叫び声をあげ、硬直して、主人の前に倒れこんで死んだ。

タカチュはおちつきはらってドアを開けると、通廊に向かって、

「助けてくれ！　マスコチュがおかしくなった！　革命を起こそうとしたぞ！」

5

テラナー三名はレムール艦の最上部デッキに到着した。ここにはまだ、エネルギー藻の姿はない。とはいえ、安心はできなかった。次の瞬間にも、やってくるかもしれないから。とにかく、どんな場所にも到達できるのだ。

しかも、三人はエネルギー生物にとり、強い〝刺激物〟であるらしい……と、スタッコン・メルヴァンは推測していた。

備品室の前を通りかかり、なかをのぞくと、防護服が大量に積んであるのを発見。思わず安堵のため息をつき、

「自分にあったサイズのやつを探すんだ!」と、大声でいった。「とはいっても、急がないとならないが」

注意をうながすまでもない。アバルテスも、グレイムーンも、エネルギー藻がどれほどの脅威か、よくわかっている。

さっそく防護服を調べはじめた。しかし、ぴったりのものを探すには、時間がかかる。

グレイムーンは平均的体型なので、すぐ見つけたが。

それを身につけると、武器やその他の装備を探しはじめる。

アバルテスはしだいに焦ってきたようだ。肩幅があって、ずんぐりしているので、とくに探すのがむずかしい。

「おちつけよ！」と、声をかける。「ほかにも備品室はあるはずだからな！」

「忘れてるんじゃないか？　時間がないんだ！」と、インディオの末裔アバルテスは苦々しく、「急がないと、そこらじゅう、穴だらけにされるぞ」

「まだ時間はあるさ」数理学者はそういいながら、そこそこサイズがあう防護服を見つけ、それを身につけた。

「万一の場合は」と、レムール技術史家は真剣な表情で、「ふたりで脱出してくれ。おれを待つのはばかげているぞ」

「わかったよ」と、リーダーが応じる。「そういう心配は、あとにしよう」

プログラミング・エンジニアが隣室からもどってきた。熱線カービン銃三挺をかかえ、無数の装備をベルトにさしている。満足そうに、にやにやしていたが、アバルテスがまだ防護服を探しているのに気づいて、

「どうしたんだ？」と、あきれた。「まだ見つからないのか？　こっちは準備完了なのに！」

メルヴァンは目で合図したが、もちろん間にあわない。

インディオの末裔は顔を紅潮させて、

「失せろ！　安全な場所に逃げこみたいなら、早く消えればいい！」と、どなる。

グレイムーンはカービン銃を床に投げ、金属ケースにすわりこむと、

「この艦には、ずんぐりしたレムール人もいたはずだぜ」と、あてつけがましくいった。

「そうだ」と、リーダーはあわてて、「その男の防護服を見つけよう！」

スポーツマン体型の男はわざとらしく両腕をひろげて、「貯蔵庫はそこらじゅうにある。ぜんぶを探すつもりか？」

「見つかるまで、探すんだ！」メルヴァンはきっぱり答える。

「ふたりとも黙れ！」アバルテスがどなった。「とても聞いていられないぜ！」

防護服を次々にひっぱりだしては、床に投げていく。どれもサイズがあわないと、ひと目でわかるものばかりだ。数理学者は多目的ベルトを装着して、機器をチェックした。確認するまでもないと、わかっていたが。数万年を経過しても、レムールの技術製品は充分に信頼できる。

「われわれも手伝おう」と、グレイムーンに声をかけた。

プログラミング・エンジニアは顔をしかめたが、指示にしたがう。三人は黙りこみ、備品室にある防護服をのこらず調べた。

「運がなかったようだな」最後はあきらめて、「次の備品室を探そう。きっと、ちょうどいいやつがあるだろう」

インディオの末裔はなにもいわない。しかし、内心は煮えくりかえっているはずだ。

通廊に出て、無意識に周囲を見まわす。エネルギー藻の気配はない。

グレイムーンが見つけてきた装備を分配した。熱線カービン銃のほかに、マイクロ爆弾、携帯探知機がふたつ、小型通信機がある。次の備品室では、もっと豊富な機器や武器が見つかるだろう。最終的には、エネルギー藻が侵入していない格納庫を見つけられるかどうかが、三人の運命を決する。搭載艇に乗ってしまえば、あとはかんたんだ。

とはいえ、どこに飛べばいいか、まったくわからないわけだが。

もよりの反重力シャフトに走り、すぐ下のデッキに降りた。ここにもエネルギー藻はいない。なんらかの理由で、艦の外に出たのならいいが。

グレイムーンがすぐ備品室を発見。ここにも防護服が保管されていた。

ふたたび、アバルテスにあうサイズを探しはじめる。

一秒ごとに退路が断たれる可能性が高まった。できれば、すぐにも防護服に身をかため、エネルギー藻を焼きはらえればいいのだが。

プログラミング・エンジニアが一着をひっぱりだした。

「これならぴったりだ！」と、大声を出す。「とにかく、ほかのやつより小柄にできてる。腹はひっこめないとならないだろうが、ツァマル」

だが、技術史家はそれをうけとろうとしない。

「帯に短しだな」と、文句をいった。

「せめて、ためしてみろ！」と、リーダーがうながす。「これまで見たなかでは、いちばんよさそうだ」

インディオの末裔は悪態をついたものの、床から服を拾いあげ、袖を通した。

ふたりも手伝って、最後にベルトを締めると、わざとらしくうめいてみせる。

「あまり快適ではないだろうな」と、メルヴァンが、「だが、緊急時だ。しかたない」

アバルテスは無言でヘルメットをかぶった。このさい、いささかの不便は甘受すると、心に決めたようだ。

三人とも、さらに拳銃とアームバンド・テレカムを装備する。

メルヴァンは自信に満ちた態度で、「さ、これからが本番だ。もよりの格納庫に急ごう」

だが、反重力シャフトで二層下のデッキに降りると、急いだのがむだだったとわかった。エネルギー藻が通廊にあふれていたのだ。動きまわるもの、壁にはりつくもの……すぐ三人にも気づいたようで、群れになって近づいてくる。

数理学者は息をのんだ。パラ不安定エネルギー・コミューンがここまで進出しているとは、思ってもいなかったのである。

計画を変更しなければ。

「もどろう！」と、どなった。「べつの道を探すんだ！」

べつの道といっても、選択肢はすくない。通廊はどこも、エネルギー藻で埋めつくされているだろう。

「もどっても意味がない！」アバルテスも同じように考えたらしい。「これ以上増えないうちに、突破しよう」

そういうと、カービン銃を肩からおろし、漂う球体を撃ちはじめた。

＊

グロチュは焦燥にかられていた。マスコチュはまだもどらない。どうしてだろう？

首席相談役は無口な男だ。話はとうに終わっているはずである。

考えていると、司令室からの操作で、インターカムのスイッチがはいった。ドアの上にあるスピーカーから、支配者の声が響く。

「やむをえず、首席相談役を射殺した。革命予備軍の指導者だったのだ」

はっとして、スピーカーを見つめた。

タカチュはおかしくなったのか？

真実のはずがない。

マスコチュが撃たれた！

玉座でなにがあったのか？

老師が嘘をついたとは思えない。革命など、考えてもいなかったはず。にもかかわらず、殺された……

「なにも問題はない」と、支配者はつづけた。「すべてはいままでどおりだ。ただし、全相談役を招集する。グロチュもすぐ司令室に出頭せよ！」

若いアルトマクは、ほとんど聞いていなかった。懸命に思考をめぐらせる。おそらく、いま真実を見いだすのは無理だろう。

二万二千の鋼球帝国の支配者は、以前から現実を正確に理解していない。それはわかっていた。つまり、タカチュは必要なら嘘をつくということ。

だが、ではどうすべきか？　マスコチュの死という事実が、心に重くのしかかっている。思いだせるかぎり、マスコチュは理想的な相談役で、あらゆることを教えてくれた。老師のいない生活など、考えられない。

これからどうなるだろうか？

この事件が大きな騒動に発展するとは思えない。アルトマクはこうした事件の思索に慣れていないから。マスコチュの存在も、すぐ忘れてしまうだろう。

ためらいながら、キャビンを出ると、通廊で親友ケルガチュと鉢あわせした。この男も老師と親交がある。

「ちょうど探していたんだ」と、ケルガチュは興奮して、「マスコチュのキャビンにいると思って、やってきた。なにがあったんだろう？」

「わからない」若者は力なく答えた。「だが、首席相談役は殺された。さっき話をしたばかりだったのだが……相談役を辞任して、旅に出るといっていた。それが死の原因かもしれない」

「なんたることだ！」と、ケルガチュは、「なにか行動しなくては」

グロチュは友をなだめる。騒ぎを起こしても、マスコチュは生き返らない。それに、老師がここにいたら、同じように無思慮な行動を禁じたはずだ。

「タカチュはあんたを呼んでいたな」と、ケルガチュが沈んだ声で、「きっと、マスコチュの後任にするつもりだぞ」

「まさか！　わたしのことは知らないはずだ」

「老師が報告していたのかもしれない。それでも行くつもりか？」

若いアルトマクは考えこんだ。生まれて以来の岐路に立ったようである。司令室に向かえば、それはタカチュの側近になることを意味する。

それでいいのか？

やがて、しだいに考えがまとまりはじめた。マスコチュのかわりに、鋼球帝国を出て、旅をするのもいいだろう。

どこかに……！

顔をあげて、ケルガチュに背を向け、声をかける。「いっしょにくるか？」

「あんたは友だ」と、ケルガチュ

「司令室にか？　行く理由がない！　行っても、タカチュに追いだされるだろう。わたしは呼ばれていないのだから」

グロチュは遠くを見つめて、

「司令室の話じゃない」と、ささやいた。「マスコチュのかわりに旅に出たい。この中央艦を出る。帝国を去るんだ」

友は思わずあとずさり、

「どうしたっていうんだ？」と、たずねる。「どこに行くつもりだ？」

若者は黙りこんだ。答えようがないから。

「いやだ」と、ケルガチュはいった。「いっしょには行かない。そういう旅には、意義を見いだせないから。いままで、似たことを試みた連中がどうなったか、知っているだろう？　ひとりももどってこなかったんだぞ」

「では、たのむ。わたしの計画をだれにも話さないでくれ」グロチュはそう告げると、友をのこして歩きだした。計画を実行するなら、急がなくてはならない。

防護服がある倉庫にはいる。年老いたアルトマクがいたが、なにも聞かれない。装備を身につけながらも、緊張してインターカムに耳を澄ます。タカチュの催促がないのが不思議である。

準備がととのうと、ふだんは使われていない通廊を選んで、エアロックに向かった。小型の無人エアロックはたくさんある。そのどれかから、中央艦を出ればいい。あとはかんたんだ。アルトマク船にもぐりこんで、スタートする。なにが起きたか、中央艦が把握する前に、姿を消せるはずである。

当然、だれも追ってはこないだろう。

エアロックの前にたどりつき、中央通廊のようすをうかがった。周囲にはだれもいない。興奮でからだが震える。

そのとき、インターカムが音をたてた。

「グロチュ、司令室に！　グロチュ、司令室に！」

タカチュの声ではない。相談役のだれかだろう。

躊躇なく内扉を開き、なかにはいると、手早く所定の操作をして、外に出た。アルトマク船の係留スポットはすぐにわかる。

宇宙空間に出ると、興奮がおさまってきた。だが、まだマスコチュの死を悼む時間はない。この先はいちいち熟慮して行動しなければ。

輝く球の外被にそって、移動していく。視界の〝ななめ下〟に箱型船三隻が見え、そこに向かってコースを修正。手をのばせば触れられそうだ。

やがて、四隻めが視野にはいってきた。

あれが目標の船だ！

じゃまされることなく、船内にはいる。

操縦シートにつくと、ようやくわれに返った。

なにをしようというのだ？　どこに行けばいい……？

もどろうかとも考えたが、気をとりなおした。あともどりするには遅すぎる。前進あるのみなのだ。

エンジンを作動させ、輝く鋼球をゆっくりはなれた。

＊

アラスカ・シェーデレーアは飛行をつづけた。多次元の万華鏡のまんなかを漂っているような気分だ。メールストロームは休みなくその姿を変えている。うずまく星間ガスのかなたに、レムール艦が見えるような気がした。しかし、当初の方針どおり、設定したコースを進む。

カピンの断片はこの異環境のなかで、独特の反応を見せていた。たえまなく脈動し、さまざまなスペクトルの光を発している。

しばらく前から、多目的アームバンドを見るのはやめた。とにかく、酸素はまだしばらくもつはずだ。凝縮口糧もストックがある。

もとのポジションにもどれるか、べつの場所に出るのか、予想もつかない。からだを締めつける殲滅スーツは、身の安全を保証しているように感じる。最初の数時間は不安にかられたものの、もはや孤独も意識しなくなっていた。

それどころか、何年もこうやってすごしてきたような、奇妙な安心感さえある。

とはいえ、グラシラーとマルドーンのことを思うと、罪悪感にさいなまれた。箱型船に接近するべきではなかったのだ。ああいうかたちで危険に突入するのは、太陽系艦隊の規範にも、理性にも反していた。

やがて、思いはテラの運命にうつる。テラとルナの逃避行は、最終的に失敗するのではないか？　未知の力に翻弄されるだけではないか……？　大渦流をひとりで漂っていると、テラナーには思いもおよばない宇宙規模の関連がわかるような気がしてくる。

これまでは、宇宙的種族の使命というような概念について、一度も考えたことがなかった。

だが、いまは違う。人類の使命について、疑問をおぼえるのだ……

はっとして、現実にひきもどされた。目の前に箱型船があらわれたのである。三座駆逐機を破壊したのと同タイプの小型船だ。

飛翔装置を停止させる。

だが、こちらにチャンスはない。速度は遅く、武器もないのだから。

箱型船が接近してきた。

きっと探知されたのだ。いつ攻撃してきてもおかしくない。

距離はまだ二十マイルあった。メールストロームの放射がなかったら、まだ肉眼では見えなかっただろう。

腕をあげ、多目的アームバンドに目をやる。質量走査機にかすかな反応があった。幻覚ではないようだ。

異生物もこの邂逅に驚いたらしい。慣性飛行にうつったのがわかった。もっとも、どうやって攻撃するか、計画を練っているだけかもしれないが。

それとも、援軍を待つのか？

すくなくとも、本隊と通信しているのはまちがいあるまい。

不思議なことに、恐怖はまるで感じない。

殲滅スーツはすでに一度、箱型船の攻撃から自分を守っている。そのときとは、いささか状況が異なるが、結果は同じだろう。

にらみあいはいつ終わるのか？

いずれにしても、あわてて行動する必要はない。

異生物の出方を見るのだ。

しかし、相手もとくに急いでいるようすはなかった。なにも起きないまま、時間だけがすぎていく。

増援の箱型船もあらわれない。

しだいに奇妙な状況になってくる。

相手も似たようなことを考えているとは、さすがのアラスカもわからなかった。

＊

グロチュは相手がなぜ、これほど強力なインパルスを放射できるのか、その理由を考えた。必要な技術知識は有している。このインパルスがなければ、異生物を発見できなかっただろう。

漂流する異生物は単独だが、恐れるようすはない。

そのせいで、グロチュは判断をあやまった。この領域には異生物が大勢いるにちがいないと思いこんだのだ。でなければ、これほど早く遭遇するはずがない。中央艦を出たのは、ついさっきなのである。

搭載兵器を作動させて、発射ボタンに手をかけた。これを押せば、二足生物を宇宙の塵にできる。

だが、そこで躊躇した。中央艦を出てから、状況が変わったのである。アルトマクはマスコチュの指揮下、異生物に敵対した。だが、自分は種族を捨てたのだ。ここで武器を駆使して戦う理由はない。

問題は、相手も同じように考えているかどうかだ。

発射ボタンに伸ばした手をひっこめる。

これは運命的な出会いかもしれない。

操縦シートをはなれて、エアロック室にはいった。奇妙な状況では、奇妙な行動が必要だ。両種族の関係に、転換点をつくりだせるかもしれない。そう考えながら、エアロックを操作する。

数分後、ハッチを開き、宇宙空間に出た。

異生物は視認できない。まだ距離がありすぎるのだ。しかし、飛ぶべき方向はわかっている。

探知反応をたよりに、飛行を開始。

マスコチュはよろこぶだろうな……と、自嘲気味に考えた。

そこではじめて、武器を持ってこなかったことに気づく。

もどるという選択肢もあるが、そのまま進もうと決める。
やがて、メールストロームを背景に、ちいさな光点が見えてきた。
二足生物だ。

6

濃密な煙はゆっくり排出されていった。そのヴェールの奥から、数十体のエネルギー藻があらわれる。ツァマル9・アバルテスの熱線カービン銃は効果がなかったらしい。それとも、べつの群れがやってきたのか？

スタッコン・メルヴァンも攻撃するため、銃をとった。クラゲに似たエネルギー生命体は、思考して攻撃してくるのではなく、本能的に反応する存在だ。ブラスターを使うと、かえってエネルギーをあたえる結果になるかもしれないが、いまはやむをえない。

銃をかまえると、アブリター・グレイムーンが警告の叫びを発した。

振り返ると、通廊の反対側からもエネルギー藻が迫ってくる。周囲の壁の数十個所に穴が開き、そこから次々とあふれてくるのだ。

「どこからでもくるぞ！」と、技術史家がどなり、銃を乱射した。通廊の反対側にも攻撃をくわえる。

「もどれ！」と、数理学者はどなり返し、自分も発砲を開始。炎と煙で視界がさえぎられ、命中したかどうかもわからない。「反重力リフトに跳びこむんだ！」

最上層につづくシャフトは、まだエネルギー藻の侵攻をうけていなかった。

グレイムーンがよろめきながら近づいてきて、

「格納庫まで、血路を開かないと」と、うめく。「いまやらないと、もうチャンスはないぞ！」

リーダーは唇を嚙んだ。プログラミング・エンジニアが正しいとわかってはいるが、この状況では、格納庫に到達できない。いまは退却して、上極部から艦を出るべきだ。それなら、まだ逃げきることができるかもしれなかった。

ひと足先に、反重力リフトまでもどる。だが、インディオの末裔はすぐにやってきたものの、グレイムーンはまだその場に立ちつくし、

「強行突破するんだ！」と、大声で叫んだ。「メルヴァン、もどっちゃだめだ！」

「状況はわかっているはずだぞ！」と、アバルテスが乾いた声で応じる。「べつの道を探すほかないんだ！」

数理学者ははっとした。エンジニアがヘルメットの奥で、絶望的な表情を浮かべたように思ったのだ。退却は最終的敗北と同義と思っているらしい。

ゆっくりした動作で、ベルトのポケットからマイクロ爆弾をとりだす。

「グレイムーン！　もどれ！」

しかし、声はとどかなかったようだ。爆弾を作動させ、エネルギー藻でいっぱいの通廊に投げつけた。

メルヴァンは反射的に、床に身を投げ、爆風から身を守る。アバルテスもすぐ隣りで、同じようにからだを縮めた。汗びっしょりなのが、ヘルメットごしに見える。

爆発の衝撃は思ったほど強烈ではなかった。ものすごい音が反響して、耳が聞こえなくなったが、爆風自体はすぐおさまる。

呆然として、立ちあがった。

通廊の向こうに、立ちつくすグレイムーンの姿が見える。まだ立っていること自体、奇跡のようだ。

だが、そのすぐ背後に、エネルギー藻が忍びよった。

反射的に警告しようとしたが、かすれ声しか出ない。助けにいこうとしたところで、インディオの末裔にとめられる。

エネルギー藻はグレイムーンの背中に降りた。次の瞬間、防護服の表面が高圧電流を流したような光を発する。

エンジニアは悲鳴をあげ、ゆっくり振り返ろうとした。しかし、その動作のあいだに、全身が電球みたいに、内側から光りはじめる。やがて、顔が透明になり、ひどくゆがんだ。まだ命があるのかどうかわからないが、死んでいたほうが幸運だっただろう。

しばらくすると、その顔が膨張し、頭部、胸、上腕が爆発した。ヘルメットが大きく裂ける。グレイムーンはそれでもまだ直立していた。頭も腕もないまま……エネルギー藻数体が、その周囲で踊りつづける。

アバルテスがふたたび撃ちはじめ、エンジニアだった物体は煙のなかに倒れた。

数理学者は声を出そうとしたが、喉が締めつけられ、満足に呼吸もできない。

エネルギー藻が近づいてくるのを茫然と見つめていると、背後から腕をつかまれた。そのまま、反重力リフトに押しこまれたところで、ようやくわれに返る。

最上層デッキに出ると、床の一部が光を発していた。パラ不安定エネルギー・コミューンの侵食が、ここでもはじまっている。通廊からやってきたようだ。

主通廊に出たところで、立ちどまる。ここはまだ静寂につつまれており、エネルギー藻の痕跡はない。

メルヴァンは緊張を解き、壁にもたれた。

深呼吸する。目の前で、色とりどりの環が飛びまわった。

「これで、ふたりになったな」と、アバルテスが沈んだ声で、「あんたと、おれだけだ、メルヴァン。しかも、死にとりかこまれている」

＊

その物体は、空飛ぶ巨大ソーセージそのものだった。アラスカ・シェーデレーアがその存在に気づいたのは、百メートルまで接近してからだったが。それまで、箱型船に集中していたのだ。最初は武器の一種かと思ったが、ヘルメットと四肢が見える。

つまり、ソーセージのなかに、知性体がはいっているということ。

人類とはまったく違う外見の知性体だろう。

箱型船からやってきたにちがいない。

次の展開を待つ。

戦うために飛んできたとは思えなかった。そのつもりなら、もっとかんたんな方法がある。交渉にきたのか？　あるいは、ただ観察にやってきたのか？　いずれにしても、かなり大胆な生物だ。

相手はイニシアティヴをとるつもりだろう。なんらかの計画もあるはずである。その証拠に、まっすぐ高速で接近してくる。ここから見るかぎり、どうやら長さ三メートルのイモムシ型生物らしい。

そうとわかっても、マスクの男は動じない。これまでにも、さまざまな生物とコンタクトしてきたから。巨大イモムシと話す心がまえもある。とはいえ、相手はRE＝7を破壊し、テラナー二名を殺した連中の一員だ。その点はつねに考慮しなければ。

イモムシは六メートル手前で相対的に静止した。ヘルメットのかげになって、頭部がほとんど見えないが、短い毛におおわれた顔に、奇妙なかたちの感覚器官がある。

いずれにしても、この〝邂逅〟は異様なものであった。周囲の状況が、その異常性をさらに高めている。

思わず、苦笑した。

異生物はテラナーについて、完全に間違ったサンプルを目にするわけだ！自分が人類の代表だと思われたら、どうすればいい？

わたしは人類の異質な変種だと、イモムシに説明するのか……？

にらみあいがつづいた。たがいを観察するというより、相手の個性を見定めるための時間である。やがて、アラスカは相手に悪意がないと判断した。その行動を論理的に評価すればわかる。それでも、慎重な態度は崩さない……具体的には、自分からは動かなかった。わずかなしぐさが、誤解を生む可能性がある。

やがて、イモムシがとうとう動きはじめた。短い腕を動かす。ついてくるように、合図しているのだ。とはいえ、身振りの意味は明白でも、ニュアンスまではわからない。招待なのだろうか？　それとも、捕虜になれといっているのか……？

しかし、捕虜にするなら、ほかにいくらでも方法があるはずだ。

「つまり、危険はないということ」と、つぶやく。

もともと、失うものはなにもなかった。

飛翔装置をふたたび作動させて、巨大イモムシについていく。予想どおり、相手は自分の箱型船にもどりはじめた。このまま、大胆な行動をつづければよさそうだ。防護服があるから、箱型船内の空気が有毒だとしても、自由に行動できる。

イモムシの飛行速度はかなり遅く、しかも不規則だった。技術面では、テラナーやレムールのレベルに達していないらしい。それでも、やがて箱型船に到着。

イモムシはハッチを開けて、なかにはいっていく。テラナーもそれにしたがった。

＊

グロチュはひどく興奮していた。二足生物とのコンタクトにさいしては、ほとんど本能的に行動したといっていい。船内に導いたのは、間違いだっただろうか？　こちらが単独行動していると気づかれたら、船を奪われるかもしれない。

ハッチを閉じて、ヘルメットをとる。

〝客〟はハッチのそばに立ち、船内を見まわしていた。ヘルメットの下にも、また顔を保護するものをつけているが、その隙間から不気味な光が見える。こうやって観察するかぎり、あふれる光の意味も、逃亡者四体との共通項も見いだせなかった。

コクピットにはいり、異常がないことを確認。

驚いたことに、異生物もついてくる。

「たがいに理解しあえるといいが」と、ためしに声をかけてみる。「もっとも、こっちには意思疎通の手段もないし、そっちも持っていないようだが」

客は顔を向けたものの、声は出さない。腕をひろげて見せる。どうやら、とほうにくれているようだ。おそらく、言葉が理解できず、残念だといいたいのだろう。

黙っていてもしかたがないので、操縦コンソールに向かった。しばらくして、異生物のようすをうかがうと、スクリーンに意識を集中している。

なにかを探しているらしい。友か、あるいは仲間の船か……? 若いアルトマクは論理的に考えようと、心に決めた。この異生物の態度……とくに、当然のように船内にはいったようすからして、仲間とはぐれたにちがいない。チャンスがありしだい、同族に救援をもとめるつもりだろう。

ためしに、スクリーンをさししめして、二足生物を見つめる。

相手はなにかつぶやき、両手で大きな円をつくった。

「わかったぞ!」と、グロチュは興奮をあらわに、「ほかの鋼球からきたといいたいんだな? そこにもどりたいんだろう。違うか?」

客はまた円をつくり、一定方向をさししめすと、つづいてまたスクリーンを指さす。

この身振りはむずかしかったが、しばらく考えて、自分の船を見つけたいといっているらしいとわかった。

その場に腰をおろす。

二足生物はこちらに悪意がないと、信じきっているようだ。換言すると、おのれの意志を貫徹しようとしている。

こちらの考えを理解させるには、どうすればいいか……？

鋼球帝国にもどるのは、ナンセンスだ。種族のもとにもどったら、たちまちアルトマクと二足生物との戦いがはじまるにちがいない。

とはいえ、二足生物の希望を無視したら、相手はどう反応するだろうか？　この船内で戦いになるのは、なんとしても避けなければならない。もし勝利したとしても、機器が破壊される可能性がある……

要するに、異生物を船内に入れてはいけなかったのだ！

しかし、いまさら後悔しても、しかたない。

異生物はここにいるのだから！

＊

イモムシ生物の技術は非常に異質で、理解するのもひと苦労だった。それでも、数分もすると、この船がいい状態ではないのがわかる。古くて、ほとんど手入れされていない。これでは、ごく近距離の飛行にも耐えられないだろう。

それでも、とにかく船さえあれば、《リフォージャー》にたどりつけるはずである。アラスカ・シェーデレーアはイモムシに、その希望を伝えた。

意図は伝わったように見える。しかし、相手は躊躇しているようだ。

箱型船はメールストロームの奥に突進していく。

この生物も、目的があって飛行をつづけていたはずだ。だが、どういう目的だったのか？

自分を発見してから、ほかの船に通信した形跡は……？

「残念だな。うまく話ができなくて」と、イモムシに話しかける。「それでも、きっとうまくやっていけるはずだ。おたがいに努力しよう」

そのあと、相手をじっくり観察して、つけくわえた。

「《リフォージャー》を探してくれると、ありがたいんだが」

スクリーンをさししめして、球をかたちづくる。何度もくりかえした身振りだ。これで意図が伝わればいいのだが。

ためしに、操縦機器を指さして、加速するようにもとめてみた。

イモムシが甲高《かんだか》い声を発し、それをトランスレーターが記録する。

とはいえ、これだけ異質な生物とのあいだだと、意思疎通が可能になるまで、数日はかかる。それまでは待てない。《リフォージャー》はその前に、搭載艇がもどってこないものとあきらめ、地球に帰還するはずだ。

イモムシは腕に相当する肢を持ちあげた。威嚇するつもりらしい。

どうやら、これまでのようである。自分を招いた者を、怒らせたくはない。相手にも問題があって、こちらの要求を聞けないのかもしれない。

いってみれば、暗礁に乗りあげたわけである。これからどうなるか、まったく見当がつかなかった……

7

スタッコン・メルヴァンとツァマル9・アバルテスは、レムール艦の最上層デッキを逃げつづけ、人員エアロックに通じる通廊に到達した。だが、そこでまたしても、絶望的光景を目《ま》のあたりにする。エアロック室が燃えあがっているのだ。

メルヴァンは立ちどまり、

「連中、いつ突破してきてもおかしくないぞ!」と、どなった。「すぐ下のデッキまで、あふれかえっているんだ。ぶじなのは、この階層だけらしい」

アバルテスはかぶりを振り、

「それほど早く進めるとは思えない!」と、反論。

「おそらく、反対側からも侵入して、分裂をはじめたんだろう」と、数理学者が応じる。

「この艦は魅力的だったらしい」

技術史家は通廊の反対側を見た。その方向は、まだ無傷だ。

「すると、のこるのは、天文台だけだな! 上極の真下の大ホールだ」

ふたりはまた走りだした。この決定は、いわば最後の手段だ。天文台にはいったら、もう逃げ場はない。いずれ、エネルギー藻も侵入してくる。出口のない罠というわけだ。

インディオの末裔がハッチを開けて、ホールにはいった。

顔をゆがめて笑い、

「最後の逃亡だ」と、大げさに大スクリーンをさししめす。「そのうち、メールストロームに埋葬されるな!」

メルヴァンはハッチを閉め、

「やめろ! それより、なにができるか考えよう」

アバルテスは肩をすくめた。

「なにができるか? なにもない。ただ待つだけだ!」

理性的に考えれば、そのとおりだ。しかし、数理学者は漠とした希望を抱いていた。エネルギー藻の侵攻は天文台の手前で食いとめられるのではないかと思う……根拠はないのだが。

技術史家が主望遠鏡のスクリーンに近づき、いくつかスイッチを入れた。スクリーンが明るくなると、メールストロームを見つめる。

その手つきからすると、操作方法を正確に知っているらしい。

「なにをするつもりだ?」と、たずねた。

「アルトマクのことを考えている。こういう状況では、エネルギー藻による死よりも、イモムシの捕虜になるのを選ぼうと思ってね」

アバルテスはそういうと、倉庫から持ってきた携帯テレカムをさししめす。

メルヴァンはかぶりを振り、

「連中の言語も、通信技術もわからない。試みるだけ、むだだな」

技術史家は動じない。テレカムを操作コンソールにおいて、作動させた。

「やめたほうがいい。エネルギー藻が通信シグナルにひきよせられるかもしれないぞ」

インディオの末裔は声をあげて笑い、

「どっちにしても、やってくるさ！」

数理学者は壁や床から目をはなさない。どこかに明るい染みができるのを、無意識に待っていたのだ。無理やり、スクリーンに集中したが、大渦流のほかはなにも見えなかった。星間物質のガスが部分的に濃くなっていて、そばの恒星の光さえ、ほとんど通さないのである。

小型スクリーンに、べつのレムール艦の探知リフレックスがうつっていた。そこまでたどりつければ、安全なのだが。艦隊ぜんぶがエネルギー藻に侵略されたわけではないから。とはいえ、そこまで到達するのは、ほとんど不可能だが。

アバルテスはテレカムを自動にセットして、メルヴァンを振り返り、

「名案が浮かんだのか？　それならいいが」顔をゆがめ、無理に笑おうとする。「いや、やっぱり買いかぶりすぎか……」

探るような目つきで、つづけた。

「なぜ、おれといっしょにいる？」

「なぜだって？」と、数理学者。「いままでのことを、あてこすっているのか？」

「おれたち、とくに親しいわけじゃない！」

「わたしはそうは思わないが……ま、あんたはいつも攻撃的だったな」

「どうやら、指揮権を放棄したようだが、なぜだ？」技術史家がさらに問いただす。

「おれが命令にしたがわないから、不安なのか？」

いまさら、こういう話題につきあいたくはないが、人間は死に直面すると、胸中をさらけだすもの。

「グレイムーンとアムンはもういない」と、応じた。「あんたはいつも、わたしの決定に反対したもの。したがって、これ以上は責任を負う気がないから、好きにすればいい……そう思ったのさ」

「だったら、なぜそばにいる？」

「状況が切迫しているからだ。いっしょにいれば、生きのびるチャンスが、それだけ増える……すくなくとも、そう願っている。それに、この状態でひとりになったら……長くは耐えられないだろう」

「たしかに、あんたは気に入らない」と、技術史家はいった。「なにごとにつけても、距離をおいてものを判断する態度が、気にさわるんだ。感情を重視しないやつは嫌いでね。計算だけなら、ポジトロニクスでもできる」

「自制心を失った激情家が、人類に貢献したという話は、聞いたことがないがね！」

「こんどは皮肉か！　ばかげた論拠にしがみつくのだな、メルヴァン。ではいうが、感情をおもてに出さない科学者にも、未来はないぞ！」

メルヴァンは答えない。この男のことは、よくわかっていたつもりだったが、あらたな一面を見せつけられて、愕然としていたのだ。

「どうだ、おれから逃れたいか？」

「いや」それだけ答え、操作コンソールに向かうと、大渦流の一部を拡大した。とくに意味はない。なにか発見できるとも思っていなかったから。ただ、アバルテスとの会話を、終わりにしたかっただけである。

大スクリーンの映像が切り替わり、球型の物体の輪郭がうつった。近くを漂流するレムール艦だ。古レムール人の技術力は驚嘆に値《あたい》いする。遠くはなれた船を、これほど細部まで観察できるとは……

「待て！」と、アバルテスがいった。

思わず振り返る。

「そこになにかある」と、技術史家は、「映像をもどしてくれ。たしかに見えたんだ」

「錯覚だろう」と、数理学者。「あるのは、メールストロームと、近くを漂う球型艦だけだ」

「ほかにも、なにかあった！　映像をさかのぼって表示してくれ！」

「記録していなかったんだ」と、メルヴァンは弁解した。「どの宙域だったかも、おぼえていない」

アバルテスは悪態をついて、

「ポジトロニクスがすべて記録しているはずだぞ！」と、声を荒らげる。「もどしてみる。うまく見つかるといいが」

数理学者はため息を洩らした。むだに決まっている。だが、なにをしても同じだと考えなおし、反対はしない。インディオの末裔は興奮していた。死を目前にして、恐怖心から現実認識能力を失ったのでなければいいが。

遠距離計測の結果が、もう一度スクリーンにうつしだされた。つきあって、それを凝視する。なにも期待していない。なにか発見があっても、それでどうなるものでもない。

「これだ！」と、技術史家が叫んだ。

映像を静止させたが、やはりメールストロームしか見えない。そう伝える。

「テルク12宙域を見てくれ」と、アバルテスがいった。

いわれてみると、指示されたポジションに、細い線がうつっている。メールストロームより、いくらか暗い。だが、それだけである。

「物質がとくに凝縮しているんだろう！」そういって、背を向けた。

だが、技術史家は動じず、透明な記録シートを操縦コンソールの隣りにある、星図テーブルに置いた。

「では、この宙域をもう一度撮影してみるぞ」

熱にうかされたように、コンソールを操作しはじめる。メルヴァンは周囲を眺めまわした。エネルギー藻が侵入してくる気配は、まだない。

アバルテスが二度めの計測結果を記録して、最初のものと重ねあわせる。

「見てみろ！」と、勝ち誇った声で、「細い線は動いている。つまり、飛行物体だ。この輪郭だと、アルトマク船のようだが」

数理学者は星図テーブルをのぞきこみ、

「そうだとしても、いまさら役にたたない」

「こちらの通信シグナルに反応した船かもしれないぞ」

「そうだろうか？　もし、幸運が舞いこんだとして……アルトマクがわれわれを救出するというのか？　どうやって？」

技術史家はにやりとして、

「連中、これまでもずっと、エネルギー藻と戦ってきたはず。だから、対処法も知っていると考えていい」

テレカムのところにもどり、

「ともかく、シグナルを発信する相手は決まった」

メルヴァンはまた壁を見まわした。入口のすぐそばに、光点がふたつある。天文台まではこないだろうという、理由のない望みは、やはり間違っていたようだ。

「やめろ！」と、アバルテスにどなる。「もう遅い。やつらがきた」

＊

グロチュは問題を解決するには、意思疎通が不可欠とわかっていた。多大な困難と不安を乗りこえ、二足生物を連れてきたのもつかのま、早く追いだす方法はないかと考えはじめる。

殺すのはどうだろう？

しかし、かんたんに始末できるだろうか？　相手は武器を持っていないようだが。

もうひとつ、方法がある。

操縦コンソールからはなれると、後部ハッチに這っていき、二足生物に船を出るよう、身振りでしめした。

異生物はおちついて反応したが、明らかにこちらの希望を尊重したくないようだ。つまり、最初に発見したときの状況は、最悪だったということ。おそらく、自分はこの生物を救ったことになるのだろう。

死の目前で助け出されたのに、またもとにもどりたいと思う者はいない。

あれこれ考えるうちに、この生物をどうすればいいか、わからなくなった。

相手がまた身振りで合図する。

〝いやだ！〟という意味にちがいない。この船にのこるということ。

どうすべきか……？

しばらく考えたすえ、やはり力で解決するしかなさそうだと結論する。ほかに方法を思いつかないから。種族を捨て、旅に出たのは、大渦流を旅して、その果てを見とどけたいからだ。異生物がこの冒険に興味を抱くとは、とうてい思えなかった。

二本足の目的は明白だ。自分の船がある場所にもどりたいのである……

グロチュはブラスターをぬき、相手に銃口を向けた。同時に、あいた手で何度もハッチをさししめす。意図は明白に伝わっているはずだ。しかし、異生物はまったく動じなかった。

もう一度、やってみる。

しかし、二本足はわざとらしく背を向けると、操縦コンソールにもどっていった。あつかましい挑発行為だ！　あきれて、一瞬息がとまった。脅迫も通用しないとなると、どうすればいいのか？

この異生物、強力な武器を持っているのだろうか？

あるいは、ほかにこういう態度をとるだけの理由があるのか……？

グロチュは怒り狂い、二足生物を背後から撃った。

炎がキノコのようにひろがる。

だが、相手は身動きひとつしない。あきらめて、発砲をやめた。これ以上撃ちつづけたら、船を危険にさらすことになる。

ゆっくりと銃をおろし、反撃を予想して、床で身を縮めた。しかし、〝客〟はその場に立ったまま、操縦コンソールにもどるよう、身振りで合図。

だが、若いアルトマクはからだが麻痺して動かない。攻撃をあっさり無視されたのが、ショックだったのである。

しかし、最後には訓練された理性で、不安と困惑を乗りきった。エネルギー防御バリアについては、聞いたことがある。この異生物、特別に高性能なバリアを装備しているのだろう。

武器をしまい、操縦コンソールに這いもどる。そのエネルギー・バリアは、銃では貫通できないが、肉体的攻撃にどう反応するか、まだわからない。肉体に関しては、自分のほうがはるかに優勢なはずだ。

二本足はグロチュが操縦できるように、壁ぎわまで後退。もう攻撃はないと考えて、グロチュが要求をのむものと、期待しているようである。

しかし、若いアルトマクは操縦コンソールに向かわず、上体を持ちあげたまま異生物に突進。全体重をかけてぶつかった。

二本足はその衝撃でひっくりかえる。すかさず、全体重をかけてのしかかり、からだを押さえつけた。相手にとっても、この攻撃は予想外だったようだ。必死に逃れようともがいていたが、体重差がありすぎて、まったく動けない。

グロチュは相手を逃がさないようにしながら、エアロックに向かって這いはじめた。

このまま、ハッチから外に捨てるつもりだ。この生物は危険きわまる。捨てる前に、背嚢とヘルメットのあいだの接続部を切断したほうがいいだろう。そうすれば、宇宙空間にさらされたとたんに、即死するはずだ。

二足生物をひきずりながらの移動は、困難をきわめた。とはいえ、時間はある。ゆっくりと進む。

だが、この生物を殺すのは、無意味かもしれなかった。とにかく、ついさっき助けたばかりなのだから。

殲滅スーツを身につけていなかったら、命はなかっただろう……と、アラスカ・シェーデレーアは思った。この謎に満ちた〝服〟は、三座駆逐機に対する奇襲攻撃につづいて、イモムシの卑劣な攻撃からも、身を守ってくれたのである。

もっとも、攻撃は予測していた。それだけ、殲滅スーツを信頼していたのだ。背後から撃たれたときは、幸運だったとすら思ったもの。しかし、さすがに楽観的にすぎたらしい。

＊

巨大イモムシは驚きをすばやく克服すると、作戦を変えてきた。

希望どおりになると思った瞬間、いきなり襲ってきたのである。正直にいって、相手がこれほどすばやく動けるとは、考えていなかった。気づいたときには、もうのしかかられており、衝撃でからだが麻痺したせいで、反撃もできない。気をとりなおして、逃れようともがいたが、体格差はいかんともしがたかった。

相手の意図は明らかだ。幻想は抱けない。

ハッチからほうりだされる。

遊びは終わったのだ。

相手の身になって考えようと試みる。イモムシは自分をいったん船に連れてきたのに、急にまた敵対しはじめた。自分の要求が、不興を買ったのだろうか？　だが、ほかにどうすればよかったのか……？

抵抗は無意味と考えて、やめた。イモムシはあきらめたと思ったかもしれない。それで隙ができればいいのだが。

進み方はひどく遅い。逃げられるのを恐れてか、あえて向きを変えようとはせず、あとずさっていく。おそらく、急ぐ必要はないと考えているのだろう。

さすがの殲滅スーツも、こうした攻撃を防ぐことはできない。どうやら、サイノスの贈り物を信頼しすぎたようだ。いまになってみると、それが間違いだったとわかる。

殲滅スーツはさまざまな局面で、信じられないような能力を発揮してきたもの。とはいえ、無敵ではない。過度に期待してはならなかったのだ。この局面をきりぬけるためには、自力でなんとかしなくては。

イモムシはハッチに到達ししだい、自分を宇宙空間に捨てるはずだ。

それまで、無為に待つわけにはいかない。しかも、時間の猶予はわずかである。意識を集中して、力をため、イモムシの下敷きになっていた右腕をぬく。

それからの展開は、あっという間だった。

イモムシは腕をふたたび押しつぶそうと、上体をわずかに持ちあげる。アラスカが逃げると思ったようだ。しかし、それは間違いだった。ただ、右腕を動かしたかっただけである。

相手はさらに体重をかけてきたが、そのあいだに、自由な右手でヘルメットの着脱メカニズムを操作。

そのあと、首を振ってヘルメットをはずした。

同時に、プラスティック・マスクをむしりとる。

カピンの断片があらわになった。

強い光があふれ、イモムシのからだがスペクトルのあらゆる色彩に輝く。

もう相手にチャンスはないはずだ。

＊

グロチュは本能的に、失敗を悟った。てっきり、二本足は抵抗するものと思ったのである。相手がヘルメットをはずすのを見て、さらに困惑が深まる。

自殺したいのか？

二足生物は頭部前面をおおっていた被覆をはがした。

顔とおぼしき部分には、光る物質がはりついている。ひどく危険だと感じたが、目をはなせない。恐ろしいまでに美しいのである。

無意識に、捕虜四体の顔を思いだす。

この生物、かれらの仲間ではないのだろうか？

はっとした。からだが動かなくなっている。

あらゆる思考と感情……全存在が異生物の光る〝顔〟にひきつけられていた。あらがおうとするが、からだが震えるだけだ。この震えも〝顔〟の脈動する光と同調しているらしい……

グロチュはすすり泣いた。

全身から力がぬけ、異生物が逃げだす。だが、どうにもならない。相手はすばやく立ちあがって、壁ぎわに後退すると、未知の言語で話しかけてきた。この二本足、意図的に行動したのだろうか？　それとも、自分でもこの結果に驚いているのか……？

意識が混乱してきた。まったく集中できない。目に見えるのは、異生物の顔が発する色彩の洪水だけだ。

なにが起きたのか？　まるでわからない。理解できない。

意識がますます混濁してきた。理性が失われていくのがはっきりわかる。動こうとするが、未知の力に捕まっている。二足生物も動かない。

この顔が武器だったのか……！

これが最後の理性的な思考だった。すすり泣きが悲鳴に変わり、全身の痙攣《けいれん》が耐えがたいほどになり……

＊

アラスカ・シェーデレーアはイモムシに背を向けると、操縦コンソールにもどった。こういう結末を望んだわけではないが、生きのびるためには、ほかに方法がなかったのもたしかだ。カピンの断片はイモムシ型生物に抵抗する、最後の手段であった。さいわい、イモムシもほかの生物と同様に、狂死するはずである。

一度だけ振り返り、相手が動かなくなったのを確認。すでに意識はないようだ。このまま死にいたるにちがいない。

操縦コンソールの前には、シートに相当するものがあったが、イモムシ用なので、人間には不向きだった。

このイモムシはあとで丁重に葬らなければ。なにしろ、絶望的状況から救いだしてくれたのだから。あとで攻撃されたものの、この事実を忘れてはならない。

マスクをもとにもどし、ふたたびヘルメットをかぶる。リスクをともなう行為だったが、運がよかった。船内の空気が呼吸可能かどうか、最後まで確信が持てなかったのだ。これからも、慎重に行動しなければならない。この船に使われている技術には精通していないから、つねにアクシデントが起きるものと考える必要がある。とくに、酸素供給系はたえずチェックしたほうがいい。

コンソールを前にして、立ったまま機器を観察。まったく見たことのない型式で、機能を理解するのがむずかしい。だが、この船をコントロールできなければ、《リフォージャー》に帰還する可能性が絶たれる。

危険をおかすことになっても、やってみなければ。

機器を操作するうち、どこかでかすかな音が響き、船が動きだした。やがて、反対側のコンソールにランプがともり、甲高い声が聞こえてきた。通信機器が作動したのだ。

ほかの箱型船からの通信か……？

死んだイモムシを捜索しているのかもしれない。

状況が決定的に悪化したのは明らかだった。ほかの箱型船があらわれたら、どうすればいいか？

死んだイモムシのことを、どう説明する……？

通信コンソールに向かい、やみくもにスイッチを押しこむ。

しばらくすると、音がやんだ。

安堵のため息をつく。

もっとも、いずれほかの箱型船がやってくるだろう。そうなったら、この船を捨て、運を天にまかせて逃亡するほかないだろう……

また通信システムが音をたてはじめた。こんどは断続的だ。

息をのんで、コンソールを凝視する。

このインパルスは間違いようがない。テラ宙航士の救援シグナルだ。

緊張して考える。レースブールが捜索のために派遣したほかの搭載艇の救援シグナルだろうか？　それとも、《リフォージャー》そのものか……？

機械にかがみこむ。発信源を探知する方法が見つかるといいのだが。

いくつかスイッチをためしてみた。

頭上のスクリーンが明るくなる。

この映像に、どういう意味があるのだろうか……？　スクリーンのすみには、読めない記号がならんでいる。さらに、スクリーンのすぐ上でも、べつの発光記号が浮かびあがった。どうやら、距離をしめしているらしい。

悪態をつく。

操作をつづける気にはなれない。この映像が消えたら、ふたたび呼びだせるとは思えなかった。

救援シグナルは規則的に発信されていた。どうやら、自動送信らしい。シグナルの強さも変わらないから、距離も一定しているとわかる。

映像に変化はない。発信源はどこだろうか？

なにがどこにあるのだ？

この状況では、ヘルメット・テレカムは役にたたなかった。出力が弱すぎる。もう一度、スクリーンに集中。

メールストロームはどこも同じに見えるから、やみくもに飛びだしても無意味だ。なんとしても、発信源のポジションを特定しなければ。

スクリーンを見つめているうち、球のかたちが見えてくるような気がした。

《リフォージャー》だろうか？

それとも、レムール艦か？

制御システムからはなれ、ハッチに向かった。念のため、イモムシ生物のようすを見てみる。まだ生きているが、意識を失い、ほとんど反応がない。

もう助けられないのはわかっていた。カピンの断片のせいで、命を奪ってしまったのだ。

だが、気をとりなおす。この生物の仲間に出会ったら、次はべつの展開を望みたい。今回は相互理解にいたらなかったが……両者がおのれの立場に固執するうち、相手を殺す以外の方法を、見いだせなくなってしまったのだ。

アラスカはハッチに視線をうつした。この船に到着して以来、イモムシ生物がなにを操作したか、すべて記憶している。その知識で、うまく外に出られればいいが。

何度かためすうち、エアロックの開放に成功。イモムシ宙航士の回復を期待して、内扉は閉めておく。すぐに窒息死させたくはない。

外扉を開けるのはかんたんだった。パルセーターを作動させて、箱型船をはなれると、多目的アームバンドで探知を開始。さっき、スクリーンで見たような光景は、まわりじゅうにあるから、発見できる可能性はきわめてすくないが、やってみるほかない。

ゆっくりと向きを変えていく。

あのスクリーンが遠距離探知用だとしたら、この試みは無意味だが……

一時間にわたり、探知をつづけたが、球型艦は発見できなかった。

それでも、あきらめるわけにはいかない。

箱型船を基点にして、あらゆる方向に飛んでみる。こうすれば、いずれ発見できるはずである。

そして、そこに自分の生命もかかっていた。

すくなくとも、いまのかたちでの生命が。

サイノスから贈られた、奇妙なスーツを身につけているかぎり、死ぬこともできないかもしれないが。

8

スタッコン・メルヴァンとツァマル9・アバルテスは、大望遠鏡を背にして武器をかまえ、エネルギー藻が侵入してくるのを待った。

壁や床にできた光る染みが、あっという間に増えていく。パラ不安定エネルギー・コミューンは、艦で最後にのこった区画にも侵攻しようとしていた。

この奇妙な存在が知性体でないのは明らかだ。

ハイパー物理学的法則によって反応しているだけの生物である。このエネルギー体の動きを究明できれば、対処法もわかるだろう。

しかし、いま研究している時間はない。

粘土が地面に落ちたような音が響き、最初のエネルギー藻がハッチのわきの壁を突破してきた。突破した瞬間に速度を落とし、なかば静止する。方向を探っているような感じだ。

アバルテスが銃をかまえた。

「待て！」と、メルヴァンはあわてて、「撃つのは数が増えてからにしよう」

長く待つ必要はない。すぐ七体が侵入してきた。しかも、光る染みは増えつづけ……

次の瞬間、床からも二体が飛びだしてくる。

死そのもののようだ……！

もう一度、振り返って、主望遠鏡の隣りの大スクリーンに目をやった。

愕然とする！

人間が浮遊しているのだ。メールストロームのまっただなかを！

信じがたい光景に、思わず息をのむ。

幻影ではないかと、目をしばたたいたが、人影は消えなかった。

「全惑星にかけて！」と、大声で警告。「見てみろ、アバルテス！」

技術史家は振り返ると、すぐに状況を把握して、

「グレイムーンかアムンだ！」と、叫んだ。「アムンがイモムシに見つかって、宇宙空間に捨てられたんだろう。で、そのまま飛んでいる」

「そうだ」と、数理学者は慎重に、「どう見ても飛行している！　だが、死者は飛ばないぞ。漂流するだけで！」

「だったら、レムール人の宙航士かもしれない……骸骨になったいまも、外に出たときの速度を維持しているんだ」

「星間物質があるから、数万年を経過すれば、摩擦で速度を失うはず」メルヴァンは反論した。「エネルギー藻をたのむ。わたしは連絡がとれるかどうか、やってみる。コンタクトできるかもしれない」

「むだに決まってる！」と、アバルテス。「それより、化け物を追いはらうのを手伝ってくれ！」

数理学者はそれを無視して、テレカムに向かい、緊急シグナルを発信する。

アバルテスは悪態をついた。天文台に侵入したエネルギー藻は、すでに数十体に達している。速度もあがっていた。最初にはいってきた個体が、こっちに近づいてくる。慎重に狙いを定めて、射撃を開始。やたらに撃っても効果がないと、経験からわかっていた。

ビームが命中したエネルギー藻は、壁に押しもどされ、そこでうごめく。

「まず、攻撃を消化している！」と、技術史家がつぶやいた。「破壊はできないが、時間は稼げそうだ」

ついで、次に近くにいる藻を撃つ。やはり、同じ効果が得られた。射撃をつづけるかぎり、危険になりそうなエネルギー藻を後退させられるということ。

問題は、エネルギー藻の数が増えた場合だ。その場合、ひとりでは手に負えなくなる。

メルヴァンがテレカムを自動送信にセットし、振り返るのを見て、

しばらくは撃退できる」

「同じようにやるんだ！」と、声をかけた。「一体ずつ、狙い撃ちにしろ。そうすれば、しばらくは撃退できる」

「やはり、ブラスターでは破壊できないな」と、数理学者が一発撃ってから、応じる。

足もとの床が光りはじめたのを見て、

「すぐに大群が突入してくるぞ。そうなったら、もちこたえられない！」

アバルテスはひきつったように笑い、

「まだ飛行中の男がいるじゃないか」と、どなり返した。「急いで救助にやってくるかもしれないぞ！」

メルヴァンがふたたびスクリーンを見る。男はまだ飛びつづけている。

「あいつになにができる？」と、インディオの末裔は、「あれが人間で、死んでいないと仮定しても……どうやっておれたちを助ける？」

たしかに、あの男がやってきたとしても、状況は変わらないだろう……と、数理学者は思った。

しかし、口には出さない。相手もよくわかっているから。

＊

アラスカ・シェーデレーアは思わず身を震わせた。聞きなれたシグナルが、ヘルメット・テレカムのスピーカーから響いたのである。しかも、箱型船で受信したときより、はるかに明瞭に。相手もこちらを発見したにちがいない。

すぐ前方で、だれかが危機におちいり、助けをもとめている。

それなら、わたしがいるぞ！

相手の正体を考えた。

説明はひとつしかない。捜索コマンドが近くでRE＝7を捜索しているのだ。

やがて、球型艦を発見する。だが、《リフォージャー》ではない。レムール艦隊の一隻である。

救援シグナルはこの艦から発信されていた。もちろん、確認はできないが、この状況では、ほかの説明はありえない。すると、捜索コマンドがなんらかの理由で艦内にはいり、そこでイモムシ生物に攻撃されたのだろうか？

もっと接近すれば、くわしい事情がわかるだろう。箱型船か、《リフォージャー》の搭載艇が係留されているはずだ。シグナルの発信者と、連絡がとれるかもしれない。

それ以外の解釈はありえなかった。

この宙域に、太陽系艦隊の緊急シグナルを偽装できる存在はいない。

グラシラーかマルドーンが発した可能性はどうか？　駆逐機が攻撃をまぬがれたとは、考えられないだろうか？

ばかな！　ふたりはもう死んでいる……

最大価で加速しながら、レムール艦に接近した。

しばらくすると、奇妙な現象に気づく。

艦殻が内側から光っているようなのだ。いや……艦自体が脈動しているように見える。

なにが起きているのか？

球型艦はいまにも赤道部からまっぷたつになりそうだった。安定しているのは、両極部分だけである。

メールストロームのエネルギー流がもたらした、錯覚だろうか。しかし、救援シグナルはさっきより明確になっている。発信源が艦内にあるのは確実だ。

接近するにつれて、艦内のエネルギー反応が明瞭になってきた。艦殻はいまにも崩壊しそうだ。

箱型船や《リフォージャー》の搭載艇は見あたらない。謎は深まるばかりだ。

鼓動が速まり、興奮をおさえられなくなる。自分はいま、想像を絶する怪現象を目のあたりにしているのだ。

球型艦の数マイル手前で減速にかかり、相対的に静止。

ヘルメット・テレカムのスイッチを入れた。

テラナーがいれば、応答するはずである。これだけ近ければ、メールストロームが発するノイズもじゃまにならない。

「応答せよ！」と、マイクに向かって、「こちらは太陽系艦隊のアラスカ・シェーデレーアだ。救援シグナルを受信した。そちらは何者か？　応答せよ……！」

＊

メルヴァンとアバルテスには、背後のスクリーンを見る余裕がなかった。無数のエネルギー藻が揺れている。間断なく点射をつづけているが、これでは接近してきた化け物を追いはらうだけだ。

これ以上はもたない……数理学者は状況を冷静に分析した。あと数分で終わりだ。

「もうだめか！」と、技術史家が叫ぶ。「やつら、どんどん侵入してくるぞ！」

メルヴァンは答えなかった。

テレカムから、テラナーの声が響いたのである。とぎれがちだが、なにをいっているかは、はっきりわかる。

「応答せよ！　こちらは太陽系艦隊のアラスカ・シェーデレーアだ。救援シグナルを受信した。そちらは何者か？　応答せよ！」

愕然として、ショックのあまり、言葉も出ない。ばかげている！　幻聴に決まっているではないか……！

アラスカ・シェーデレーアはテラにいたのだ。で、母なる惑星とともに、行方不明になった。

ここにいるわけがない!

しかし、この声を聞き、あの姿を見ると……

メルヴァンは科学チームのさまざまな見解を思いだした。一部の科学者は、テラが二万二千隻のレムール艦隊と、同じ領域に転送されたと主張したもの……

それが正しかったのか?

テラはこのメールストロームに漂着したのか……?

銃撃をやめ、考えこむ。

「ばかめ!」と、アバルテスが声をはりあげた。「撃つんだ! おれだけじゃ、防ぎきれない!」

数理学者はふたたび射撃を開始したが、その一方でテレカムに近づく。

あいたほうの手で携帯テレカムのマイクを操作し、

「こちらスタッコン・メルヴァンです!」と、簡潔にいった。「聞こえています! 緊急事態! われわれ、パラ不安定エネルギー・コミューンに攻撃されています! 撃退できるでしょうか?」

「メルヴァンだって?」すぐに応答がある。「聞いたことのない名だが。いったい、なに……」

「くわしいことはあとで！」と、数理学者は相手をさえぎり、「こっちはあと数分しかもたないんです！　あとで説明しますから……なんとかしてください！」

それだけ叫んで、テレカムからはなれた。

すっかり混乱している。とても冷静に考えられる状況ではない。アラスカ・シェーデレーアといわれても……伝説の転送障害者は、どこからきたのか……？　ひとりなのだろうか？　本当に救出してくれるのか……？

さまざまな思いが駆けめぐる。

エネルギー藻がまた接近してきた。

数十体があらゆる方向から迫ってくる。頭上にもいた。

「だめだ！」と、アバルテスが絶望の声をあげる。「これまで、なんのために戦ってきたんだ？　いままでの努力が……」

敗北をうけいれたくはなかった。

だが、もう対応できない。エネルギー藻に完全に包囲されている。こうなると、やみくもに撃ちつづけるほか、防ぎようがなかった。

メルヴァンは床から一メートルほどの高さがある制御システムにあがった。アバルテスもつづいたが、そのときあやまって、銃を落としてしまう。しかし、とりにもどることはできない。

自暴自棄になって、ベルトのポケットからマイクロ爆弾をとりだし、点火ボタンを押しこむ。

「やられる前に、こっちからおさらばしてやる!」と、叫び、入口に向かって投げた。

数理学者は跳びかかり、爆弾をとりあげると、ふたりとも床に落ちて……

そのあと、もつれあってバランスを失い、

*

アラスカは考えることなく行動した。二度めの叫び声が聞こえたとたん、ふたたび速度をあげて、レムール艦に向かったのだ。なにをすべきかわからないが、だれかが危機におちいっている。

メルヴァンという名は初耳だった。だが、《リフォージャー》の乗員で、知らない者だろう。

船に接近すると、奇妙なものを発見。

クラゲに似たエネルギー塊が、群れをなして漂ってくる。

これが男のいっていた〝パラ不安定エネルギー・コミューン〟らしい。

だが、どういう物体なのだ?

おそらく、このメールストロームで発生し、レムール艦に寄生しているのだろう。

自分にとっても、危険な存在なのか？

ざっと見ただけで、数千体が押しよせてくる。すでにほとんど残骸と化した球型艦から、次々とあふれだしてくるのだ。

おちついて、観察をつづける。

どうやら、残骸から逃げだしにかかっているようだ。このまま、艦に向かって飛びつづければ、両者の距離はせばまるばかりだった。

＊

ひろいホールは爆発で振動し、ふたりは床にたたきつけられた。

メルヴァンは身動きもせず横たわったまま、エネルギー藻が死を運んでくるのを待つ。からだをこわばらせ……それでも、死に対する恐怖は感じない。

戦いは終わったのだ。

しかし、予期したエネルギー衝撃は、いっこうに訪れなかった。

顔をあげ、あたりを眺めまわす。

大ホールの空調は生きているらしい。爆発で発生した煙が、急速に薄れていく。

エネルギー藻の姿はまったくなかった。

＊

シェーデレーアの目の前で、また怪現象が展開された。パラ不安定エネルギー・コミューンまで数百メートルに接近すると、先頭の群れが一瞬だけ輝き、あっという間に崩壊したのである。温かい陽光を浴びて溶ける、雪玉のように。

あっけにとられて、そのようすを見つめる。

劇的な戦いがあるものと、覚悟していたのだが、どうやらすべてがあっけなく解決してしまったらしい。

助かったのは、明らかに殲滅スーツのせいだ。この不気味な防御兵器は、どんなエネルギー攻撃でも無効にしてしまうらしい。

もっとも、いまはこの現象について考えている時間はない。メルヴァンたち生存者の世話をしなくては。

すでに、すべての現象が終わっていた。

さらに接近をつづけると、やがてふたりの人影が見えてくる。

「メルヴァンか！」

「そうです！」と、片方が応答。「わたしがスタッコン・メルヴァンです。こちらは同僚のツァマル9・アバルテス。はじめは四人でしたが、ふたりは死亡しました」

「《リフォージャー》の乗員なのか?」と、アラスカはたずねた。

ふたりはどう答えたらいいか、わからないようだ。しばらくして、メルヴァンと名乗る男が、

「われわれ、銀河系からきたのでして」と、応じた。「もっとも、直接にではなく、アンドロメダ星雲で発見した、ゲルックスヴィラという恒星転送機を経由してですが」

こんどはマスクの男が言葉を失った。夢をみているのではないか……と、思う。事情もわからないし、なぜここで出会ったのかも、説明できないではないか。

「メールストロームでテラナーに会えるとは、思いもしませんでした」と、男はつづけた。疲れきった声だ。ここにいたるまでに、想像を絶する体験をしたにちがいない。

「この出会いには、深い意味があるのかもしれない」と、かろうじて口を開く。「しかし、話はあとだ。まず《リフォージャー》に帰還しなくては。わたしが乗ってきた巡洋艦だ」

「運がよければ、残骸のなかで、使える搭載艇を発見できるはずです」と、メルヴァンが提案した。「いっしょに探させてください」

三人は宇宙空間でランデヴーする。メルヴァンたちはシェーデレーアのからだに触れた。

理由は明らかだ。

まだ血と肉でできた生物だと、信じられないのである。

エピローグ

もはや存在しない太陽系帝国の大執政官は、立ちあがって三人の客を迎えた。ひとりはよく知っている。アラスカ・シェーデレーアだ。ほかのふたりは初対面である。ふたりとも、テラに到着してから、数時間の仮眠をとっただけだそうだ。その顔に、ここ数日間の苦労が、深く刻まれている。

ふたりのとほうもない体験は、ペリー・ローダンにとっても非常に興味深かった。

「スタッコン・メルヴァンと、ツァマル9・アバルテスです」と、シェーデレーアが紹介する。「この奇跡的な救出劇については、すでにご存じと思いますが」

メルヴァンとアバルテスは困惑していた。どういう態度をとればいいか、わからないのだろう。

ローダンは執務テーブルをまわって、ふたりの前に立つと、椅子をさししめし、

「さ、かけてくれ!」と、うながした。「社交辞令はどうでもいいから、体験したことを話してもらいたい。諸君は故郷銀河とテラのあいだに、橋をかけてくれた。銀河系で

なにが起きているか、アトランたちはどうしているか……聞きたいことは山ほどあるのだ」

「メルヴァンが話します」と、アバルテスが応じる。「わたしより、くわしく知っていますから」

「時間は気にしないでよろしい」と、大執政官。「疲れているとは思うが、可能なかぎり、くわしく聞かせてくれ」

メルヴァンは短髪をなであげ、

「まず、現実を認識したいのです」と、いった。「なにもかもが、夢のようでして」

「まるで悪夢のようでした！」と、アバルテスが訂正した。

ペリーは相手を交互に見つめたが、なにもいわない。ふたりのあいだには、明らかな緊張関係がある。

だが、その理由を問いただしても無意味だろう。いずれ、すべてを話すはずだ。体験したことばかりでなく、それで感じたことも。

やがて、メルヴァンが語りはじめた。

まず、転送技術者のコンシェクスとセルンボーグを、収容所惑星から解放した作戦から……それがすべてのはじまりであった。ふたりがいなければ、アンドロメダ星雲のゲルックスヴィラ恒星転送機は、機能しなかったはずだという。

「われわれ、テラも太古のレムール艦隊と同じ理由で消えた……そう推測したのです」と、数理学者は説明した。「この推測は正しかったと証明されました。アトランに、早くこの事実を伝えられればいいのですが。おそらく、いまもこの推測にそって、調査をつづけているでしょうから」

次に、転送機実験での事故の話がつづく。その結果、転送技術者四名はメールストロームにたどりつき、イモムシ生物と遭遇することになったのだ。

「ツァマルとわたしが助かったこと自体、奇跡といっていいでしょう」と、メルヴァン。「アラスカ・シェーデレーアがあらわれた段階では、ふたりとも、完全にあきらめていたのです」

「それについては、すでに報告を聞いている」と、大執政官は口をはさんだ。「今回の事件を契機に、テラ科学陣は殲滅スーツをもう一度、徹底的に調査することにした」

「たいしてわからないでしょう」と、アラスカがコメント。

「科学チームはすでに検討会議を開いている」ローダンはうなずくと、救出したふたりに、「もう一度、そこで詳細を報告してもらう必要がある。諸君の科学者としての見解も聞きたい」

「わかりました」と、メルヴァンが約束する。

「未来がどうなるか、わからない」ペリーはつづけた。「人類はふたつのグループに分断され、両者のあいだには無限の距離がある。それぞれのグループが、独力でこの困難を克服しなければならない。この状況で〝向こう側〟のふたりを迎えられた意味は大きい。〝こちら側〟の人間は勇気をあたえられた」

数理学者はうなずいて、

「われわれ自身も、相当な勇気が必要なようです」と、ほほえむ。「とにかく、まったく予期していなかった状況に置かれたわけですから」

アバルテスが眉をつりあげ、

「この男、どうしたんだ？」と、驚きをよそおい、大声でいった。「今回のおそろしい旅のあいだ、一度も動じなかったのに。いまになって、急に震えはじめたぞ」

ひとりぼっちの戦い

H・G・フランシス

登場人物

アトラン……………………………ＵＳＯ長官。政務大提督
ジュリアン・ティフラー………太陽系元帥
シェＦ
(シェボルパルチェテ・
　ファイニィブレト) ………知性捜索コマンド（ＩＳＫ）のチーフ
ワッツェル・ヤチントー………説得パラダイスの政治将校
オル・ウェレス……………………ヤチントーの協力者
テマル・カンツォス………………ＵＳＯスペシャリスト
ヴェルン・グラルショツ………カンツォスの部下
ミリアム・タウツ…………………太陽系秘密情報局工作員
マスル・ラシュモン………………鳥類学者
アンネ・エホン
アト・ウェンク }…………………説得パラダイスのテラナー
レティクロン………………………超重族。銀河系第一ヘトラン

……太陽系帝国が崩壊した時点においても、なお人類に献身的に奉仕しようとする男女が存在した。救える者を救おうとつとめたのだ。母なる地球は大宇宙の深淵に消え、人類の多くが心理的基盤を失っていたから。とはいえ、大半の人々は救いをもとめ、超重族レティクロンが〝説得パラダイス〟と名づけたプログラミングに屈服していた。だが、そこでも戦いつづける者がいたのである。勝利の見込みはほとんどないと知りつつ。

また、大提督アトランが銀河じゅうに散って生きのびた人類を救うべく、キント＝センターを拠点に奮闘するかげで、ひそかに潜行して活動している者もいた。

かれらはその勇気と独創性、使命感において、帝国の残余をひきいるアトランに、まさるとも劣らない。しかも、大きな利点を持っていた。当初から、銀河系の要衝惑星で活動できたのだ……大提督が苦労して、ＵＳＯスペシャリストを敵地に潜入させなければならなかったのに対して。

そうした要衝のひとつに、太陽系から一万四千四百七十二光年はなれたヤレドシュ星系の第二惑星、チュグモスがあった……

銀河エンサイクロペディア、第三四六巻、第一章

1

　真っ赤な単座グライダーが、はりだした岩棚に音もなく下降してきた。ワッツェル・ヤチントーはコクピットから顔を出し、木陰の小屋を目にしてほほえむと、クラクションを鳴らす。次の瞬間、小屋から猟銃をかまえた白髪の男が跳びだしてきて、グライダーに銃口を向けた。だが、撃つ気はない。銃をおろして、大声をあげた。

「また一発、おみまいするところだったぞ！」

　ワッツェルは笑い、小屋の前に着陸すると、グライダーを出る。

「老オル・ウェレスがまだ耄碌《もうろく》してないか、ためしただけだよ」

　老人は目を輝かせ、手をさしのべると、

「きてくれてうれしいぞ、坊主。はいってくれ！」

　ふたりは小屋にはいった。見た目はみすぼらしいが、きれいに掃除され、現代的で快適な家具がそろっている。

「どれくらいぶりだ？　すくなくとも、一週間はこなかったな」

「忙しくてね。説得パラダイス〝銀河の自由〟の政治将校は、そうかんたんに休みがとれないから」

ウェレスはすわるようにうながした。そのあと、相手をしげしげと眺め、赤い制服をさししめして、

「その階級章からすると、少尉になったのか？」

「そのとおり」

老人は金褐色の液体のはいった壜をとり、グラスふたつを満たして、片方を友に手わたす。

「自家製だな？」

「もちろん。あんたはなにも持ってきてくれんからな」

ヤチントーは立ちあがって、制服のジャケットの前を開いた。

「ここはひどく暑いな、オル」

ウェレスは答えない。友の手首にまきついた、むらさきに光る塊りを凝視している。同色のやわらかな管が、両手首から肩までつづき、シャツの下に消えていた。

「こいつとは縁がきれないんだ、オル」と、少尉はグラスを干す。

「あんたはどうかしてる」老人はうめいた。「わたしの警告をなぜ聞かない？　キルリアナーについては、よく知っている。ヴェンコ＝ヤウオク探検のときは、自分でもそいつを身につけていたんだ」

「知っている、オル」

「だったら、あらためて忠告するまでだ。キルリアナーを信用してはならない」

「こいつはべつなんだ、オル。信用してくれ」

「連中はどれも同じだ。長いあいだ、人間にとりついて、エネルギーを供給したりするものの、ある日いきなり裏切るんだ」

「このキルリアナーは違う」

「ワッツェル、いっておくが……」

「これくらいにしておこう」若者は強引にさえぎり、「無意味だからな」

「あんたを心配しているんだ。わからないのか？」

ヤチントーは立ちあがり、クロノメーターに目をやって、

「あまり時間がないんだ、オル。急がなければ。いっしょにきてくれないか？」

「どこに？」

「たぶん、興味があると思って。あんたが暮らしている弾薬庫の中身に」

「知りたくもない」老人は尻ごみする。

「じゃ、好きにしてくれ」

ワッツェルは床に敷いてあった毛皮をとりのぞいた。下は羽目板になっている。オルが椅子のかくしスイッチを押すと、その一部が沈みはじめ、やがて真っ暗なシャフトが口を開けた。

「準備は？」

老人がうなずくのを見て、そこに足を踏みだす。すでに反重力フィールドが機能しているから、墜落する心配はない。オルは若者が地下に降りていくのを見とどけると、また猟銃をつかんで、外に出た。念のため、見張りに立つのだ。

とはいえ、ほかに飛んでくるグライダーも見あたらない。山や森もしずかだ。ワッツェルを尾行してきた者はいない……そう確認して、安堵のため息をついた。自分の身がどうなってもかまわないが、友はまだ若い。ウェレスが思うに、あの男はとほうもない危険に、つねに身をさらしているのだ。

十分が経過。政治将校がもどってきた気配がして、小屋にもどる。見ると、コンテナを二基、持っていた。

「なんだね、それは？」と、たずねる。

「核爆弾だ、オル。これがあれば、すくなくとも超重族の巡洋艦くらい、爆破できる」

「ずいぶんなものを、家の下にかくしておいたんだな」

「安眠の妨げにはならなかったはず。万一、爆発したって、気づくひまもない」

「たくさんだ。もう聞きたくない」

若者は笑い、コンテナをグライダーに運んでいった。もどってくると、額に吹きだした汗をぬぐい、

「チュグモスはどうも好きになれない」と、ぼやく。「夏は暑すぎるし、冬は寒すぎる。地球がなつかしい……」

「地球は消滅したんだ。いや、どこかに存在しているかもしれないが、それを考えても無意味だからな」

「地球はもどってくる。かならずだ、ご老体。いつか、もとのポジションに復帰する。ローダンはレティクロンに、人類が虫けらじゃないとしめすだろう」

「なにか食っていかないか？　ちょうど、森林トカゲをしとめたところだ」

若者は友が地球とローダンのことを話したがらない理由が、よくわかった。老人は地球を忘れようとしているテラナーのひとりなのだ。長いあいだ、故郷惑星が消えたままだから。ほとんどのテラナーにとり、ローダンの大実験は失敗し、地球はハイパー空間にのみこまれて、存在をやめたのである。

だが、ワッツェルは違う。そういう考えにはくみしない。そもそも、そのような考え方をするテラナーがいることさえ、信じがたいほどであった。

クロノメーターを見ると、まだ時間はたっぷりある。ヤチントーは礼をいうと、老人のあとについて、小屋にはいっていった。

＊

政治将校は一時間後に小屋をスタートした。長くつらなる渓谷をぬけ、西南にコースをとる。山脈の南側、巨大トクサが繁茂する、サオ湖につづく斜面にそって飛ぶうち、すっかり日が暮れた。

3Dヴィデオ・キューブのスイッチを入れた。といっても、興味深いニュースがあるとは、期待していなかったが。

「……決定的調査結果が出ました」と、テラナーがしゃべっている。知っている顔だ。以前から注目を浴びていた、著名な科学者であり、超重族の手先でもあった。思わず顔をしかめる。こういう連中は嫌悪の対象でしかない。レティクロンに利用されると知っていて、あえてその境遇をうけいれているのだから。

やがて、男は顔をあげ、グレイの目でカメラを見つめると、悲嘆にくれた態度をよそおい、「銀河じゅうの偉大な種族で構成された科学チームが、この調査に参加しました。最大の関心はひとつです。地球はいまも存在するのか？　銀河系でもっとも重要な惑星で、なにが起こったのか……？」

そこで、ひと呼吸おく。次の言葉の効果を、充分に計算して。いまこの瞬間、百万の人々が3Dヴィデオ・キューブを見つめていると、意識しているのである。

「科学チームの調査は広範囲にわたり、非常に厳密なものだったと断言できます。希望があれば、それを徹底的に追求したのです。

しかし、希望はひとつもかないませんでした。

結論は明らかです。ローダンの壮大な実験は完全に失敗に終わったのです。太陽系帝国大執政官は、公会議に対する協力を拒否し、その結果として地球を滅ぼしたのです。

テラはもはや存在しません。ルナとともにハイパー空間にのみこまれ、エネルギーに変換されました。

くりかえします。テラは二百億人類とともに消滅したのです。この大量殺戮の責任は大執政官が負わなければなりません。

もっとも、ローダンもともに滅んだわけですが。

地球と同様、大執政官も消滅したのです。

明るいニュースを伝えられず、残念です。しかし、気休めや方便は、このさい無用でありましょう。

ローダンは……」

ワッツェルはコンソールの下にかくした秘密ボタンを押した。これで3Dヴィデオ・

キューブを操作できるのだ。飛行中に、プロパガンダの洪水にさらされたくなくて、このスイッチを設置したのである。

「裏切り者たち」と、鼻を鳴らして、つぶやいた。「確信犯だからな。説得パラダイスにいるテラナーは、あからさまな嘘を聞きつづけるうち、それが真実だと信じるようになる……」

グライダーを旋回させ、湖に機首を向ける。やがて、眼下に鉛を流したような暗い水面がひろがった。上空からも、巨大な魚の姿が見える。原始的な釣り具を持った超重族が三人、反重力グライダーでその魚群を追っていた。連中は敵だが、その勇気は称賛に値《あたい》いする。粗末な道具で、あえて危険な敵に挑んでいるのだから。

新しいコースを維持したまま、これからの計画をどう実行にうつしていくか、プロセスを慎重に吟味してみる。これまでのところ、超重族はまったく無警戒だった。チュグモスの重要拠点二十カ所にしかけておいた、マイクロ核爆弾もまだ見つけられずにすんでいる。これで、成功の確率はかなり高くなったといっていい……

まもなく〝銀河の自由〟の建物群が見えてきたので、ふたたび3Dヴィデオ・キューブを作動させた。

ロボット防衛システムが〝パラダイス〟を包囲し、そのなかにテラナー十万が収容されて、日々洗脳の危険にさらされている。説得パラダイスはひとつの都市なのだ。すべてがそろった居住施設だが……ただひとつ、自由だけがない。

建築家と作業ロボットは、十字架型の都市を築いた。長辺が二十キロメートル、両翼は十キロメートルある。周囲には、高さ百メートルにおよぶエネルギー柵がめぐらされ、許可のない者は外に出られない規則だ。

施設の西側には、円形の建物複合体があった。超重族の居住施設、武器庫、造船工廠、工業施設だ。北側には宇宙港があり、超重族の転子《ころ》状艦二隻のほか、太陽系帝国の超弩級戦艦も二隻が繋留されている。超弩級戦艦は超重族に接収されたもので、チュグモスではこれがテラ敗北のシンボルになっていた。

工廠の前、アーチ型ゲートの前にグライダーを降ろす。やってきた戦闘ロボットに、IDカードをさしだすと、ロボットがそれを門柱のスリットに挿入。テラナーは自分を狙うインパルス砲のプロジェクターを、不機嫌ににらみつけた。カードの照合結果がネガティヴなら、無警告で発砲されるシステムである。許可のない者は〝銀河の自由〟に足を踏みいれられないのだ。

だが、次の瞬間、ロボットがカードを返却。ワッツェルは思わず安堵のため息を洩らした。グライダーをゆっくり浮遊させ、工廠の建物に向かう。夜になっても、建物のあちこちに照明が設置されているので、敷地内は明るい。建物の前に降りて、グライダーを出ると、ゆっくり出入口に向かった。向こうから筋骨たくましいテラナーがやってくる。こちらより五十センチメートルは背が高い。

「ハロー、ウェンク！」と、声をかけた。

巨漢は立ちどまって、笑いながら、

「やあ、ちび！なぜこの周辺をうろついているんだ？」

「やるべきことがあってね！」挑発には乗らない。相手はそれが気に入らなかったようである。

「なにをだ？」と、つっかかる。

「あんたこそ、なにをしてるんだ？」

「ルーチン・ワークというやつだ」ウェンクは肩をすくめた。それ以上は説明する気がないらしい。ヤチントーは思わず顔をしかめる。政治将校はどこでも出入り自由なのである……超重族に対する忠誠心を認められているから。ローダンと人類にそむき、レティクロンの側に立ったテラナーというわけだ。

政治将校の使命は、銀河系第一ヘトランの理念を徹底させ、捕らえた人類を洗脳することである。ワッツェルは超重族の尋問をあざむき、さまざまな罠をくぐりぬけて、この地位を手に入れたのだ。太陽系秘密情報局の工作員として、徹底的に訓練されていたからこそ、ここまでたどりつけたのであった。

「ルーチン・ワークだって？」

アト・ウェンクは相手が理解していないと思ったようだ。本来、これ以上は説明する必要もないが、政治将校に対しては、無条件に報告する義務がある。

しかたなく、工廠の敷地でなにをしているか、おおざっぱに話しはじめた。額に汗を浮かべ、憎々しげに相手をにらみつけながら。一方、ワッツェルも容赦しない。ウェンクはこのあと、おそらく数日か数週間か、口もきかないだろう。

「よろしい。もう行っていい、アト」太陽系秘密情報局の工作員は相手を解放することにした。

巨漢は安堵のため息をつき、頭を下げると、足早にその場を立ち去る。ワッツェルはそれを無視して、建物にはいっていった。超重族数名とすれちがったが、だれも制止しない。赤い制服を身につけていれば、それで充分なのだ。

やがて、修理中の搭載艇にたどりつく。周囲を観察しながら一周し、修理にあたるテラ技術者と言葉をかわした。どの男も、過激な発言はひかえている……レティクロンにさからわないように。その発言と、本音とは、まったく違った。それでいいのだ。ワッツェルとしても、かれらを洗脳する気はない。

とはいえ、例外もあった。つまり、裏切り者がまぎれこんでいるのである。〝転向〟していないテラナーを探しだし、超重族に密告するスパイだ。やつらが〝銀河の自由〟で活動していた同胞多数を、死に追いやったこともわかっている。そういう連中に対しては、容赦する気はない。

「わたしが超重族に歯むかうと、本気で思っているのですか?」と、そのひとり、アリスがたずねた。

ワッツェルはにやりと歯をむきだし、

「おまえのような男は、よく吟味しなくてはな、アリス。レティクロンに反抗し、あわよくば命を奪おうとする連中は、忠誠の皮をかぶっている。わかっているのだ。きのうもそういう男をひとり処分した!」

「そのとおりでしょう、ヤチントー! わかります」

裏切り者は青ざめた。超重族の尋問法はよく知っている。連中は必要なら、無実の者からも自分たちにつごうのいい自白をひきだすのだ。

その顔を見て満足し、ふたたび歩きだした。第一段階はこれでいい。ここから重要な段階にはいる。状況から考えて、堂々と行動できるはずだ。工廠の男女は充分に脅迫してあった。いま、あえて質問する者はいないだろう。それどころか、こちらの姿を見たら、こそこそと身をかくすにちがいない。つまり、作戦を実行するには最適の環境がととのっているということ。

グライダーにもどって、爆弾の一方をとりだし、工廠のホールに向かった。だれにもじゃまされずに、搭載艇のエアロックをくぐり、作業員のそばをとおって機関室に到着。

爆弾をかくすまで、二分とかからない。

搭載艇を出て、もう一度グライダーにもどっても、だれも気にとめなかった。

第二の爆弾を持って、もよりの反重力シャフトから、地下の発電施設に向かう。ここから、〝銀河の自由〟の全施設にエネルギーが供給されているのだ。どこに爆弾をしかけるのがもっとも効果的か、以前から考えてあった。ケーブル・シャフトのカバーを開いて、爆弾をセットする。だが、カバーをもとどおりにする前に、だれかが背後から声をかけてきた。

「あんたが信用できないことは、前から知っていたんだ、ワッツェル・ヤチントー」

驚いて、振り返る。

アト・ウェンクだ。嘲笑を浮かべている。

「そいつは爆弾だな？　政治将校が破壊工作に関わっていると報告したら、超重族たち、きっとよろこぶぞ」

ワッツェルは相手がこぶしをかためたのを見て、身がまえた。この巨漢は説得パラダイスでも、いちばん危険な戦士だ。各種スポーツ競技での優勝経験もある。

この男と戦うわけにはいかない。必死に逃げ道を探った。そもそも、戦う必要もないのだ。どちらも、超重族に抵抗する立場なのだから。しかし、いまそういって説得しても、むだだろう。相手は復讐に燃えている。

壁ぎわまで後退して、はじめて口を開いた。

「理性的になって、すこしは頭を使え。げんこつじゃなくて」

「一発みまってからにするよ、ちび」

巨漢はそういうと、いきなり襲いかかってきた。最初のパンチはかわしたが、二発めをまともに食らう。床にくずれおち、蹴りをかわすため、横に転がった。このままでは、殺されてしまうだろう。

2

同じころ、キント＝センターでも、チュグモスが注目されつつあった。アトランとジュリアン・ティフラーは、ハイパーカムで送られてくるUSOスペシャリストからの報告を、日常的に検討している。なかでも、太陽系元帥はシェＦの報告に注目していた。惑星ハセレイで起きつつある事件に関するものだ。

この非ヒューマノイド生物は、本名をシェボルパルチェテ・ファイニィブレトという。アトランの右腕のひとりで、超心理犯罪学と物理学の博士号を持っていた。見た目は直立して歩く雄ヤギを想像するといい。身長は二メートルほどで、黒い剛毛におおわれ、頭頂部にたくましい角《つの》が二本ある。キント＝センターの要員は、その姿にすっかりなじんでいるが、シェポバル人を知らない惑星では、悪魔呼ばわりされることも多い。

「ハセレイに関する追加情報です」と、この日もシェＦが報告にやってきた。「レティクロンの行状は、身の毛がよだつほどです。あの男、怪物ですな」

子供のような甲高《かんだか》い声だ。

「なにがあったのだ？」アトランが椅子をすすめながら、たずねる。

「一収容所で叛乱が起きたのです。収容されていた虜囚はテラナー、エプサル人、エルトルス人……シェポバル人も数名いました。それがロボット警備システムを破壊し、宇宙船に殺到して、脱出を試みたのですが……レティクロンはその宇宙船を、収容所や近隣の施設といっしょに、核爆弾二発で破壊してしまったのです。生存者はいません」

シェFはそう答えると、口を閉じた。大提督もティフラーも、しばらく言葉を失ったままだ。こうした残虐行為の報告は、毎日のようにはいってくる。

「ヤレドシュ星系のチュグモスでは、まったくべつの展開があるそうだ」しばらくして、アトランが、「この惑星では、選抜した捕虜グループを洗脳して、超重族の同盟者に仕立てようとしている。ほかの惑星より、捕虜の待遇もいい。もちろん、暴動は起こっているし、それに参加した者には厳罰が科せられているが」

「レティクロンですが、人類を憎悪しているのではないでしょうか」と、ティフラーがいった。「これは復讐心を満たそうとする者の行動パターンだと思いますが」

「わたしの見方は違う。レティクロンは冷静にテラナーを観察しているのではないか」と、アルコン人は応じる。「自分に役にたちそうな者を選別し、洗脳したあとで、のこりを抹殺するつもりだ……それが、おのれの安全につながると思っているのだな」

立ちあがると、室内を行ったりきたりしながら、

「いずれにしても、もっと迅速に行動しなければ。人類の救出に、時間がかかりすぎている」

「最善をつくしています」と、シェFが反論した。このシェボパル人は三四四二年一月二十四日に発足した知性捜索コマンドの司令として知られる。大群のせいで痴呆化した科学者や技術者を探しだし、二百の太陽の星に移送するために組織された、特務グループである。「捜索コマンドと、その〝方舟《はこぶね》〟は、いまも救出活動をつづけておりまして」

「きみを非難したのではない」

「承知しております、アトラン」

「あらゆる部署が全力をつくしている。それでも、救出作業をもっと早めなければ。無数の人々が苦境にあるのだから」

　大提督はそういうと、報告書類の束に手をおいて、

「この人々を可及的すみやかに救わなければ。人類は助けをもとめている。おそらく、われわれの介入がなぜ遅れているのか、不審に思っているだろう。窮境にある人々は、あらゆることが遅々として進まないと感じるものだ」

　シェFは両腕をあげ、すぐまたおろした。この身振りの意味は明らかだ。手段をつくしているにもかかわらず、打開策が見つからないのだ。投入できる要員と宇宙船は、か

ぎられているから。

知性捜索コマンド……ISKは秘密裏に活動する必要があった。ラール人と超重族は、どこでも待ちかまえていて、テラ艦船を発見すれば、たちまち殺到してくるのである。

「そろそろ時間だ」アトランは立ちあがって、「出席者のだれかが、いいアイデアをひねりだしてくれるといいが」

三人は大提督の執務室を出ると、大会議室に向かった。すでに、艦長と戦隊指揮官あわせて二百名が集まっている。大提督は一同に挨拶すると、それぞれの任務報告を聞き、ラール人・超重族に対する反攻作戦について、意見をもとめた……直前のティフラー、シェFとの協議の内容も、それにつけくわえる。

一指揮官が立ちあがった。ロボット・カメラがただちに身元を確認し、壁のポジトロニクス・ディスプレイに、氏名と所属、おもな個人データをうつしだす。

「われわれも、救出を急ぐという点では、同じ結論にいたりました」と、男が話しはじめた。「しかし、作業を迅速に進めるだけでなく、質的な面も重要と考えます。性急さより、慎重さがもとめられると思うのです。具体的には、惑星がからっぽになって、はじめて敵がこちらの作戦に気づくような、そういう方法です。でないと、猛烈な抵抗を覚悟しないとなりません。

捜索コマンド・ヘリオンが惑星エムハ＝エタンで体験した例があります。コマンドは救出に向かったのですが、そこの執政官は早急な救助をもとめ、コマンドが星系に到着しているにもかかわらず、たびたびハイパーカムで連絡をよこしたのです。超重族はそれを傍受し、追跡部隊がすぐ出撃してきました。その結果、ヘリオンは潰滅的打撃をうけ、かろうじて一小隊だけが帰還できたにすぎません。惑星も徹底的に爆撃され、住人は全滅しました。こうして、レティクロンはわれわれに警告したわけです。すなわち、救出活動を発見したら、惑星の全住人を、容赦なく殺戮するということ……」

べつの男が報告をかわる。

「ほかの例も報告されています。超重族は複数の人類居住惑星を捜索し、必要な人間を誘拐しました。ほとんどが最高ランクの科学者です。そのあと、惑星に生物兵器を投入し、住人を全滅させたのです。生存者はいませんが、発見した記録文書から、なにが起きたかわかりました」

「誘拐された人間のすくなくとも一部は、ヤレドシュ星系の惑星チュグモスに移送されています」と、その隣りの大佐がつけくわえた。「現在、わが部隊では、チュグモスに作戦コマンドを降下させるべく、準備をすすめております。男三名、女一名からなるコマンドで、救出作戦を開始する前段階の態勢をととのえるのが任務です。ですが、この惑星は厳重に監視されているだけでなく、虜囚は大半がいわゆる説得パラダイスに収容されており、そこで……」

「チュグモスについては、こちらにも詳細報告がきている」と、大提督はそれをさえぎり、「こまかな説明は必要ない」

「この惑星での作戦を最優先にしたのは、レティクロンに大打撃をあたえられると考えたからであります」と、大佐はしめくくった。

「同感だ。全面的に支援する。で、その作戦コマンドだが、潜入の成否がわかるのはいつになる？」

「まもなくだと思います。ハイパーカムの集束通信で、報告がはいる予定になっておりまして」

「コマンドの四名とは？」

「USOスペシャリストのテマル・カンツォス少佐、同じくヴェルン・グラルショヨツ少尉、太陽系秘密情報局のミリアム・タウツ少佐、それに鳥類学者のマスル・ラシュモンです」

「科学者を同行させたのか？」アルコン人は怪訝な顔で、「それも、鳥類学者を？」

ジュリアン・ティフラーとシェFに目をやる。ふたりも驚いているのがわかった。鳥類の専門家が、作戦コマンドでどう役だつか、想像もできない。

＊

「どういうことです？」USOスペシャリストのテマル・カンツォス少佐は上司にくってかかった。「すみません、サー。しかし、われわれ、チュグモスの鳥類を調査しにいくわけではないのでして。それとも、わたしの誤解でしょうか？ あるいは、空を飛べるとか？ 反重力プロジェクターが使えない場合、コマンドを運んでいけるのですか？」

「それにしては、太りすぎですがね」と、グラルショッツがそっけなくコメントする。

命令を伝達にきたヴァルム大佐は、小柄な少佐に、

「ミスタ・ラシュモンが説明する」それだけいって、出ていってしまった。

テマルは鳥類学者をまじまじと眺め、

「おい、ヴェルン」と、部下に声をかける。「理解できるか？」

「そういいましたっけ？」と、グラルショッツ少尉は、「ミリアム、あんたはどうだ？ いつも出しゃばるのに、なぜ黙っている？」

ミリアム・タウッツは鏡を前に、金髪をとかしていたが、振り返って科学者を眺めた。だが、大きくため息をついただけで、ふたたび鏡に向かう。

「奇妙なことに、他人の容姿をあげつらうのは、決まって太りすぎの連中なのですな」と、マスル・ラシュモンはいった。もちろん、太り気味の少尉をあてこすったのだ。身長はほぼ二メートルあり、みるからにどっしりしている。体格だけでなく、その顔も精

悍とはいいがたい。頬の肉は垂れ、いつも口をぽかんと開けたままなのだ。とはいえ、それは見せかけにすぎないと、鳥類学者にもわかる。グラルショッが見かけどおりの人間なら、USOスペシャリストにはなれなかったはずだから。

同様に、ミリアム・タウツも化粧に気をつかうだけの人間ではない。そういう役を演じているだけなのだ。

テマル・カンツォス少佐だけは、鳥類学者にも人物像がつかめなかった。小柄で痩《や》せ、背をまるめて歩き、見るからに陰険そうだ。わずかにのこった頭髪をたしかめるつもりか、しょっちゅう頭頂部をなでている。だが、その一方で、いつも周囲に気を配り、相手の動きを探っているのである。

「太っているのは認めますよ」と、グラルショッはいった。「でも、それについて、とやかくいわれるのは不愉快です。ここに着任する前は、太陽系艦隊旗艦の司厨員だったんです！」

「なるほど！　特殊任務についていたのか！」と、鳥類学者が軽口をたたく。「塩味が強すぎるとか、ニンニクをもっときかせろとか、そういう調査を？」

「やっぱりだ！」と、少尉は声をはりあげた。「ばかにされるのは慣れてるけどね。でも、ひとつ誤解がある。わたしが料理の名人だと、わかってない！」

「おまえのソースは脂《あぶら》がきつすぎるんだ」と、カンツォス少佐。

「なんですと？」少尉の下唇がだらりと下がる。

「そいつは腹にこたえるでしょうな」と、ラシュモンはすかさずいった。褐色の肌で、燃えるような赤毛を髷《まげ》に結《ゆ》っている。「さて、ほかに質問は？」

「ではひとつ」と、テマル・カンツォスがおもむろに、「あんたのような科学者が、なぜこの作戦に参加するのか？　くわしく説明していただきたい」

ラシュモンは鼻をななめにはしる傷痕を、指先でたどりながら、

「チュグモスには、きわめて危険な猛禽類が生息しているのです。この傷はその鳥に襲われたときのものでして。わたしはその猛禽を、チュグモス・ギガン……」

「もうけっこう」少佐は鳥類学者を制して、クロノメーターに目をやり、

「一分後に搭載艇がスタートする。つまらないおしゃべりに、時間を浪費したくない」

「わたしを誤解してるようですな、少佐！」鳥類学者はくいさがった。「惑星チュグモスで、研究のためかなりの時間をすごした……そういいたかったのです」

「それでも、あんたをうけいれる理由にはならないね」

「では、なぐりあいでもして見せろと、そういわれるのか？」ラシュモンはこぶしをかためて、身がまえる。本気らしい。「足手まといになると考えているのであれば、大間違いですぞ、少佐。わたしはチュグモスを熟知している。そういうことです！」

ふたりはにらみあった。そのまま、しばらく相手を吟味する。どうやら、たがいに過

小評価していたらしいと気づいたのも、ほぼ同時だった。

「けっこう」と、少佐はほほえみ、「この種の作戦に、戦闘訓練をうけていない人間を同行させると、全員を危機にさらす可能性があるのだが……あんたには、それがあてはまらない。わかったよ」

「わたしは超重族が説得パラダイスを建設しはじめたころも、まだチュグモスにとどまっていたのです」と、鳥類学者も表情をやわらげ、「連中とは、何度か戦ったこともありますぞ」

笑みを浮かべて、鼻の傷に手をやる。

「ま、この傷は猛禽にやられたわけですが」

「いい男がだいなしというわけで」グラルショッツ少尉はあけすけにいった。「傷さえなければいいのに。なぜ整形手術をうけないんです?」

「わたしは女嫌いで通っているんだ」と、ラシュモンは陰気な声で、「これがあれば、美女も逃げだすと思ってね」

ミリアム・タウッツがはじめてほほえんだ。ラシュモンもこの太陽系秘密情報局要員を気にいったらしい。

インターカムのランプが点滅し、一将校が搭載艇のスタート準備完了を報告する。タウッツ少佐は鳥類学者に手をさしのべ、

「おたがい、協力できそうね」

「同感だね」と、ラシュモン。「うまくやっていけるだろう。もっとも、チュグモスで捕まったら、それどころではなくなるが」

「心配はいりません。われわれ、かんたんに捕まったりしませんから」ヴェルン・グラルショッツが自信たっぷりにいった。

＊

ワッツェル・ヤチントーは巨漢を相手に、苦戦をしいられていた。ウェンクを殺したくはない。最後の瞬間に、正気をとりもどしてくれればいいが。とにかく、このままでは、自分のほうが不利だ。アトは殺意をみなぎらせている。さいわい、こちらのほうが敏捷で、反射神経もいい。それでも、あと数分もすれば、体力がつきるだろう。

いまも、攻撃をかわすだけで、せいいっぱいなのである。なにより、頭部をなぐられないようにしなければ。それ以外の場所なら、連打されても、致命傷にはならない。もちろん、ボディブローもできるだけ避ける必要があるが。さいわい、アト・ウェンクは全力で攻撃をつづけているため、消耗も早い。すでに体力を使いはたしたようだ。

やがて、勝負をつけようと、全力でぶつかってきた。ワッツェルがたまらず、床に倒れこむと、ポケットからナイフをとりだし、ふたたび突進してくる。だが、政治将校は冷静だった。刺される寸前、からだをひねって相手をかわすと、すばやくその頸に手刀をみまう。残念ながら、手かげんするだけの余裕はなく、アトは絶命した。

あえぎながら、立ちあがる。望んだ結末ではなかったが、しかたない。

はっとした。遠くから人声が近づいてきたのだ。急いで周囲を眺めまわす。ケーブル・シャフトが開きっぱなしだった。あれをまず閉めなければ。その前に、死体をかくす必要もある。死体を近くの用具キャビネットまでひきずっていき、そこに押しこんだ。つづいて、ケーブル・シャフトに駆けより、蓋に特殊接着剤を塗布すると、強く押さえつける。さらに、痕跡をかくすため、おや指の爪で接着個所をなめらかにした。

それが終わると、ジェネレーターの背後にかくれ、息をひそめる。首筋を汗がつたい落ちるのがわかった。

やがて、超重族二名が頭上の回廊にあらわれる。一方が立ちどまり、透明なプラスティック防御柵を揺すぶった。

「虫けらどもを罰する時期だな」と、たてつけの悪さを確認して、もう一方にいう。「もう二日も前から、こいつの補修をしろと命じていたんだ」

ワッツェルは唇を嚙んだ。

虫けらだって！

超重族たちは最近、第一ヘトランのレティクロンと同様、テラナーを虫けら呼ばわりしているのだ。歯を食いしばって、きたるべき〝X時〟にそなえ、全力をつくして準備を進めようと、あらためて覚悟を決める。〝X時〟はかならず訪れるはずだ。銀河じゅうに散らばった太陽系勢力と連絡をとり、できるだけ多くの捕虜を解放するのである。すでに、おもな収容所惑星の存在は、太陽系秘密情報局とUSOが把握しているにちがいない。すくなくとも、キント＝センターの所在は、まだラール人や超重族に知られていなかった。

そこに、アトランをはじめ、太陽系帝国のもと要人がいるはずである。

回廊の扉が閉じた。用心しながら、ジェネレーターのかげをはなれ、ふたたび周囲をうかがう。ホールにいるのは自分だけだ。

しばらく考えてから、アト・ウェンクの死体のところにもどり、キャビネットからひっぱりだして、壁の反重力ラダーまでひきずっていった。通常はひとりしか乗れないプラットフォームに死体を載せ、いっしょに回廊まで上昇。超重族が文句をいっていた防御柵を調べてみる。なるほど、たしかにはずれそうだ。柵の一部をはずして、死体をそこから落とす。いやな音が響き、ぞっとしたが、無理やり気をとりなおした。

証拠がのこっていないかどうか、入念にチェックしてから、地上にもどり、グライダーに乗った。数秒後、超重族の保安将校が建物から出てきて、こちらに気づくと、近づいてくる……右手をブラスターの銃把にかけたまま。

だれかがウェンクの死体を発見したにちがいない。

ワッツェルはふたたびグライダーから降りて、直立不動の姿勢をとった。

「なにかお話でしょうか、ご主人？」と、敬意をこめてたずねる。

「そうだ」と、超重族はテラナーの胸のネームプレートを一瞥《いちべつ》し、「ヤチントーというのだな？」

「ワッツェル・ヤチントーであります、ご主人」

もと太陽系秘密情報局要員は、腹筋がひきつるような気がした。胃がむかむかする。

「ご用でしょうか、ご主人？」

「聞きたいことがある。ついてこい」

「わかりました、ご主人」

ここはあっさり、超重族にしたがうことにした。あとについて、建物にはいる。環境適応人間はまったく危険を感じていないらしい。たとえ武器を持っていても、攻撃するはずがないと思っているのだ。

やがて、照明がひとつしかない部屋にはいる。尋問用の椅子と、制御コンソールが置いてあるだけの、殺風景《さっぷうけい》な部屋だ。

「すわれ」

無言でしたがう。ワッツェルはこれまでも、何度か尋問をうけたことがあった。だから、嘘をついても無意味だと、わかっている。数分後、べつの超重族がやってきて、連行してきた男と交代。それを見ながら、両手を椅子の前のプレートに置いて、待った。

尋問担当者は背後の壁ぎわに立っているが、息づかいでそれとわかる。

「あの建物でなにをしていたのだ、ワッツェル・ヤチントー？」

「わたしは政治将校です、ご主人。政治将校として、有益な対話をしていました。重要な製造部門に勤務するテラナーを説得するのが、わたしの任務ですので……」

「口を閉じろ！」

若者は黙った。完璧に自制して、〈キルリアナー！〉と、胸中で呼びかける。〈わたしを守ってくれ！　オル・ウェレスの言葉は嘘だと、行動でしめすんだ〉

両手を凝視し、それから制御プレートのプロジェクター・スクリーンに目を向けた。自分の〝オーラ〟が色で表示されている。被験者の皮膚の電気的緊張を計測し、それを色彩評価に変換する装置だ。こういう計測方法は、地球でもずっと以前から知られていたが、超重族はそれを完璧な技術に発展させていた。嘘をついたり、特定の質問で動揺したりすると、尋問将校はそれを色の変化というかたちで、ただちに察知できるのだ。テレパスやメンタル安定人間なら、あざむくチャンスがあるが、一般人にはとても抵抗できない。

「人が殺された」と、超重族はいった。

スクリーンにうつる指先の電気的緊張が、急激に高まる。鮮やかなブルーだったオーラが、赤からむらさきに変化していった。被験者が驚いたしるしである。

「アト・ウェンクというテラナーだ。面識があったか、ワッツェル・ヤチントー?」

「いいえ」

オーラは濃いブルーにもどった。まるで恒星コロナのようだ。

「政治将校としては、関わりがありましたが、テラナーが理解する〝面識がある〟状態ではありません」

「かたじけない。教えていただいて」超重族は冷たくあしらった。

オーラが一瞬、赤くなる。

ワッツェルは全神経を集中して、スクリーンを見つめた。これからどうなるかは、キルリアナーしだいである。

この半知性生物は、ほとんど透明な状態で両手首に巻きついていた。こうすることで、指先の電気的緊張フィールドをコントロールできるのだ。もっとも、キルリアナーがいうことを聞けばの話だが。

「アト・ウェンクが殺害された」

色彩がわずかに変化する。

「わたしは関与していません」

「われわれの見解は違う。犯人はおまえだ、ヤチントー！」

オーラが赤く燃えあがった。その色がしばらくつづき、ふたたびブルーを基調とする色にもどっていく。超重族は再度テストしようとした。

「はっきりした証拠がある。目撃者がいるのだ。おまえはウェンクを、回廊から墜落死させた。そうだな？」

オーラが鮮やかなブルーになる。被験者が冷静な証拠だ。つまり、無実だということ。ほんものの殺人者なら、色が変わるはずなのだ。皮膚の電気的緊張は、意識的にコントロールできないから。逆にいうと、超重族の主張を立証するためには、ここで色彩に乱れが生じなければならなかった。

〈よくやった、キルリアナー〉と、ワッツェルは胸をなでおろした。〈感謝するぞ。たよりになることもわかった〉

「立て、ヤチントー。退出してよろしい」

超重族の声には、落胆の響きがあった。犯人を捕らえたものと、確信していたのだろう。政治将校は立ちあがり、制服をととのえると、敬礼して部屋を出る。外の通廊には、二十人ほどのテラナーがならんでいた。尋問を待っているのだ。どの顔も一様に青ざめ、不安そうである。

ワッツェルはかれらを気にとめなかった。心配する必要はない。なにより、無実なのだから。全員が色彩テストに合格するだろう。

ほっとしながら、工廠の建物をはなれ、グライダーにもどる。こんどはだれも制止しなかった。

3

「さ、記憶誘発剤を飲みましょう。すばらしい過去を、記憶にしっかりとどめるのです！」

ワッツェル・ヤチントーは怒りをおさえ、大型3Dヴィデオ・キューブをにらんだ。宣伝将校のにこやかな笑顔がうつっている。

「ファイ！」

妻はすぐにやってきた。スカートの裾で両手をぬぐっている。

「薬の時間だ」

「あら、忘れるところだったわ」

戸棚から急いで箱をとってくると、夫に手わたした。ワッツェルは白い錠剤をとりだし、口に投げこむと、妻も同じように嚥下《えんか》するのを見守る。

「超重族って、ずいぶん親切なのね」と、ファイはいった。「生活に必要なものは、ぜんぶそろっているわ。あらゆる情報も。なんだか、カタストロフィが嘘だったみたいよ。

きっと、超重族のことを間違って評価してきたのね……ペリー・ローダンのプロパガンダのせいで！」

「なるほど。真実がわかってよかったよ、ファイ」

妻を正視できない……ファイが変心し、そういわざるをえなくなっていると、わかっていたが。これもレティクロンのしわざである。より具体的には、やつが考案した説得プログラミングの効果のせいだ。この〝記憶誘発剤〟というのも、プログラミングで重要な役割をはたしていた。この錠剤は、説得パラダイスに収容された全員が、毎日二回服用させられるが、その効果は名称とはまるで違う。明晰な思考ができなくなり、しだいに現実感覚が失われてしまうのだ。さいわい、ワッツェルが共生しているキルリアナーは、薬物による人格改造も阻止してくれるが……すくなくとも、本人はそう考えていた。だから、いままで判断力を失わずにすんだのだ。

「そろそろ限界だ……」と、思わずつぶやいた。

ファイがそれを聞きつけ、膝の上に乗ると、首に腕をまわし、

「なにかいった？」と、ほほえむ。

「べつに」思わず、乱暴に答えてしまった。感情を抑制できなかったのだ。妻はもはや、かつての愛すべきファイではない。レティクロンのせいで人格をゆがめられ、超重族の言葉を真《ま》にうけるだけの、操り人形になってしまった……

「なんだか、そっけないのね」

「気分がよくなくてね」

「往診をたのむ？　ミアがきのう、超重族の医師の診療をうけたんですって。いままでいちばんの先生だったそうよ。とても魅力的で……」

太陽系秘密情報局の工作員は、妻を押しのけた。

「それより、ニュースを聞きたいね」

ファイは隣りのソファに移動して、つけっぱなしの3Dヴィデオ・キューブに視線をうつす。

「工廠の敷地内で、ローダン一味の残党がテラナー科学者を殺害しました」と、アナウンサーが伝えていた。「被害者の氏名はアト・ウェンク。ウェンク博士は尊敬すべき科学者というだけでなく、人望もありました。夫人と子供四人があとにのこされ……」

泣きじゃくる妻と、子供たちの映像がうつしだされる。ウェンクは〝独身〟だったのだが。

「なんでアトが殺されたか、理解できません」と、アトの〝妻〟は声をつまらせて語った。「ただの科学者で、軍事面にはいっさい関係がなかったのに。ペリー・ローダンは無差別殺人者よ。ひどい……」

そこで映像がとぎれ、ふたたびアナウンサーの顔がうつしだされる。

「犯人は犯行直後に逮捕されました。男はペリー・ローダンが指揮する、太陽系秘密情報局の指示で行動していたと自白したため、分子破壊銃による銃殺刑の判決がくだされ、犯行後一時間以内に刑が執行されました」

また映像が切り替わった。工廠の前庭に、手錠をかけられた男が立っている。いつも超重族のプロパガンダを嘲弄するので、ワッツェルも目をつけていた技術者だ。

やがて、環境適応人がひとり、建物から出てくると、重ブラスターを無造作にかまえて、発砲。グリーンのエネルギー・ビームがひらめき、〝犯人〟は消滅した。

「あの超重族を責められないわね」と、ファイが、「良心的に、法にしたがっただけだから」

「しずかにしてくれないか。聞こえないから」

「これで終わりでしょう？　超重族は殺人犯を罰しただけよ。犯行を自供して、裁判の結果、ああなっただけ。超重族はこれからも、殺人鬼ローダンの手から市民を守ってくれるはずよ」

「いいから、しずかにしてくれ！」

「奥方のいうことが、気にいらないのか、ワッツェル・ヤチントー？」

太陽系秘密情報局の工作員は、思わず跳びあがった。テレカムから声が響いたのだ。相手はこの狼狽ぶりも観察しているにちがいない。

「いささか疲れて、神経過敏になっているのです」と、弁解しながら、3Dヴィデオ・キューブ上のテレカムを見つめる。たえず盗聴・監視されていることを忘れていた。これが説得パラダイスの〝真実〟なのだ。超重族はあらゆる場所を監視している。いつ、どこが監視されているかわからない以上、そう考えるしかない。テレカム・スクリーンは明るくならない。グリーンのパターンがうつしだされたままだ。

「わたし自身、尋問されたのを思いだしたのです。アト・ウェンクの死には、ショックをうけました。なぜチュグモスでこうした犯罪が起きるのか、理解できません」

「それは保安システムに対する批判か？」

「違います、ご主人。保安対策は完璧ですから」

「では、この殺人をどう説明する？」

「わたしには説明できません。ただ、首謀者を憎むだけです」

「首謀者とは？」

「ペリー・ローダンです！」

「ローダンはもはや存在しない。惑星テラとともに滅んだ」

「では、もはや太陽系帝国は存在しないのに、それを理解しようとしない、ローダンの賛同者です」

「かれらを恐れているのか？」

「わかりません、ご主人」

「あすになれば、犯罪者はおまえを殺そうとするかもしれない」

「わたしなど、とるにたらない人間です」

「銀河系第一ヘトランに奉仕する者に、とるにたりない人間はいないぞ！」

「申しわけありません、ご主人。軽率でした」

「よく考えるのだな！　レティクロンは偉大な存在だ。おまえを守り、奉仕させている。それだけでも、おおいなる恩恵と知るべきだ！」

「感謝いたします、ご主人！」

声が消えた。

次の瞬間、汗が吹きだしてくる。声に皮肉な調子はなかっただろうか？　自分の応答は、細部にいたるまで分析されているはずだ。なんといっても、自分は政治将校で、テラナーを〝説得〟するため、超重族に〝奉仕〟しているのだから。テラナーをレティクロンの奴隷にしなければ。太陽系帝国の偉大な記憶を、すべて抹殺するのである。レティクロンを主役とする歴史を、もっともらしく信じさせるように……！

いや、自分の応答は正しかったはずであった。とはいえ、〝管理者〟の判断は違うかもしれない。その場合、不愉快な裁定も覚悟しておかなければ。

一分が経過。

「貴官と奥方に、安らかな夜を！」テレカムからの声はそれで聞こえなくなった。

ワッツェルは思わず、安堵のため息を洩らす。

「いつも気にかけていてくれるのね！」と、ファイは感激をあらわに、「ワッツェル、これで安心したわ。ここ数年、ずっと不安だったのだけど、それももう終わりよ。すっかりおちついたわ。ペリー・ローダンの圧政から解放されたのだから！　あの男はもういない……不死の男は死んだのよ！」

ワッツェルは手の震えを無理やりおさえこんだ。やっとの思いで、ズボンのポケットに手をつっこむ。妻はしゃべりつづけた……黙ってくれればいいのだが。

あらためて、ショックをうける。妻はすっかり洗脳されていた。これまで、なんとか守ろうとしたのだが、努力は報われなかったらしい。

ニュースが終わり、女性アナウンサーがあらわれる。

「クロイツ・ビジョンでは、これから映画をお見せします」と、アナウンサーはにこやかに笑って、「スプリンガーの愛国者エルツ・ロール・パソンが治める通商基地、エルパスが舞台の歴史ドラマです。ここから、エルツの銀河通商ラインがはじまったのですが、惑星エルパスはその豊かさのせいで、太陽系艦隊に注目されることになったのです。スプリンガーの愛国者も、最初はテラナーの海賊行為になすすべがありませんでしたが……やがて事態は一転します！」

アナウンサーはそこでいったん間をおいて、強い口調で、「お断り申しあげますが、この映画はすべて、史実に忠実につくられております。映画とはいえ、実際に起こった歴史的事件なのです！」

ワッツェルは立ちあがった。なにが放映されるか、見なくてもわかる。プロパガンダがたっぷり効いたアクション映画である。そのなかで、テラナーは他人の生活を破壊し、手っとりばやく富を得ようとする野蛮な征服者として描かれるはずだ。

「すこし散歩してくるよ」と、妻に声をかけた。「外の空気を吸いたいんだ。いっしょにくるかい？」

「いいえ。この映画を観たいわ。ペリー・ローダンの秘密情報組織が、どうやって人類をだましてきたか、知りたくない？」

「もちろん、知りたいさ。すぐにもどってくる。家のまわりを歩いてくるだけだから。あとで、映画の内容を話してくれ。いい？」

「もちろんよ、ワッツェル」

太陽系秘密情報局将校は家を出た。まるで、逃げだすみたいに。

＊

パラダイス・センターは夜のこの時間、いつも活気があった。熱い南風が吹きつけてきて、肌や喉を乾燥させ、バアやレストランは繁盛をきわめる。人々はまだのこっている最後のソラーを、景気よく使いはたした。いつまでこの通貨が通用するか、だれにもわからないから。

ワッツェル・ヤチントーはレストラン数軒を〝巡回〟した。政治将校がテーブルのそばにくると、客は急にしずかになる。警戒して、だれも口を開かなくなるのだ。もっとも、この反応は洗脳がうまくいっていない証拠なので、むしろ歓迎だ。精神力の弱い者は、ファイのように屈伏してしまったが、意志の強い者はいまもちこたえているのである。かれらに対しては、薬剤も、プロパガンダも、それほど効果がないということ。だが、このままずっと〝説得プログラミング〟に抵抗できないことも明らかだ。状況は日を追うごとに、深刻になっていた。いまのうちに、なんとかしなければ。チュグモスの住人百万が、太陽系帝国の敵に変わったら、もはや解放するチャンスはない。

そう考えると、思わず意気消沈した。自分はこれまでのところ、なにひとつ成果をあげていないのだ。さいわい、爆弾をしかけるのは成功したが、問題はそれをどう利用するかである。

しかも、爆弾をかくすさい、手痛いミスをおかしてしまった。アト・ウェンクを救う方法もあったはずだが……それでも、最悪の事態だけはまぬがれたといっていい。エレクトロン監視装置に発見されていたら、すべては終わっていたはずだ。

もっとも、エレクトロン機器に監視される確率は、それほど高くない。三、四パーセントほどだ。説得パラダイスは広大で、数多くの人間が住んでいるから。超重族としても、全テラナーを監視するのに必要な経費は、おいそれと捻出できなかった。そこで、実際の監視は、はるかに安価ですむ政治将校やスパイにまかせている。

ワッツェルはここ数週間、ファイがスパイになったのではないかと、ひそかに疑ってきた。あの人格変化は、尋常ではないと思ったのだ。いまは洗脳の犠牲になっただけだと、はっきりわかっているが。

子供ふたりとも、数週間前にひきはなされた。ここで暮らしていた未成年は、全員が南半球にあるべつの説得パラダイスにうつされたのだ。そこで、徹底した洗脳教育をうけているのだろう。子供を奪われた両親は、悲嘆にくれるほかない。それだけではなく、子供たちが人類の過去の記憶を奪われてしまうという悲しみもある……

「ワッツェルじゃないか！」

いきなり呼びとめられて、はっとした。ゆっくりと振り返り、安堵のため息を洩らす。

「やあ、ビルク！」

無骨な赤毛の男が手をさしのべ、

「久しぶりだな、ワッツェル。〝銀河の自由〟にいなかったのか？」

「いたさ。出たりはいったりだが。それより、なにかあったのか？」

「ビールでもおごろうと思ってね」

「ことわる理由はないな」

ふたりはもよりのバアにはいった。あちこちのテーブルで、客がカードに興じている。ビルク・アモスはビールを注文。この宇宙植物学者とは、旧知の仲である。同じ探検隊に参加し、友となったのだ。

乾杯すると、アモスは友の腕に手をおき、袖口をのぞいた。あきれて顔をしかめ、

「まだキルリアナーと共生しているのか？」

「そういう話をしたかったのか？」

「やめたほうがいいぞ。超重族に知られたら、まずいことになる。なにより、キルリアナーを信用しちゃいけない」

「乾杯、うまいビールだな」

「強情なやつだ、ワッツェル。あんたのために忠告しているんだぞ」

「ほっといてくれ」

「どうしたんだ？」バアの出口に向かいながら、アモスがたずねた。外に出ると、ワッツェルは周囲を眺めまわす。近くに監視カメラはなさそうだ。

「監視システムが気にならないのか？」

「さあね。とにかく、この時間はだいじょうぶさ。監視センターにはだれもいないはず

だから」

「なぜそう断言できる？」

ビルクはたっぷり時間をかけて、パイプに火をつけた。それから、肩をすくめて見せる。盗聴を恐れるようすはない。

「おおっぴらに超重族の悪口をいうクラブをやっていてね。監視カメラの作動時間も、ほぼ予測できる。これまで、二十時以降にチェックされた形跡はない」

ワッツェルは緊張した。ビルクのことはよく知っており、無条件で信用できると思っていたのだ。だが、宇宙植物学者は自分の赤い制服のことを、まったく気にとめるようすがない。政治将校になったとわかっているにもかかわらず、本来は秘密にするべき話題を、おおっぴらに口にしている。

この点を、公式にたずねておいたほうがいい。

「超重族に対抗するような陰謀に、加担しているんじゃないだろうな？　だとしたら、それをなぜ政治将校に話すんだ？」

ビルクはほほえみ、友の肩をたたいて、

「あんたなら、いってもかまわないだろう、若いの？　あんたは魂まで連中に売ったわけじゃない」

ワッツェルのなかで、警戒シグナルが鳴りだした。

「礼をいう、ビルク。同胞に嫌われるのは、いい気分じゃないからな。たいていの人間は、わたしを超重族の忠実な番犬だと思っている」

植物学者はまた笑って、ふたたび肩をたたき、

「真の同胞を紹介するよ、ワッツェル。共同して戦うんだ。われわれ、いま超重族とつながりを持つ人物を必要としていてね」

アモスとならんで歩きだす。肩を組むのは遠慮した。人前では、あまり親しい態度をとりたくない。自分はたえず監視されている。基本的に自由だし、干渉もされないが、政治将校は人々の注目を浴びる存在なのである。赤い制服を無視するのは、すでに洗脳されてしまった人々だけであった。

「聞いてくれ、ワッツェル」と、アモスが声をひそめる。真剣な表情だ。「われわれ、近く決起する。超重族にひと泡噴かせるだけの武器や作戦は用意した。あと必要なのは、決定的瞬間に、内側からドアを開ける人間だ」

センターから数百メートルはなれたところで、アモスが薄暗い建物をさししめした。階段を降りて、ひんやりした地下通廊を進み、まもなく一室に案内される。なかには、男五名、女三名がいて、ふたりがはいると、全員が立ちあがった。

「諸君」と、ビルクがおちつきはらった声で、「この男がワッツェル・ヤチントー。政治将校だ」

太陽系秘密情報局の工作員は、注意深く周囲をうかがった。全員が敵意に満ちた目でにらみかえしてくる。思ったとおりだ。背後でドアが音をたてて閉まった。振り返って、押してみたが、びくともしない。

「悪いな、ワッツェル」と、宇宙植物学者が告げる。

政治将校は肩を落とした。失望がひろがる。やはり、罠だったのだ。

「アト・ウェンクはわれわれの仲間だった」と、アモスがつづけた。

「それと、わたしと、どういう関係があるんだ？」

「あんたがアトを殺した」

「なんだって？　なぜそう思うんだ？」

「ほう。否定するとは思わなかったな」

「肯定するはずがないだろう！」

「ワッツェル、われわれ、アトの死が納得できないのだ」

「ニュースで聞いたはずだぞ。殺したのはわたしじゃない。ほかの人間だ」

「処刑された男は、自白を強要された」

「ばかな。だからといって、かんたんに自白すると思うのか？　肯定すれば、ただちに殺されるとわかっているのに」

ワッツェルはこれが罠だと見ぬいていた。窮地から脱出する自信もある。だからこそ、ここまでやってきたのだ。なにより、いまは〝同志〟が必要である。破壊工作はひとりでは遂行できないから。当初はすべて単独で実行できると思い、あえて、同志をもとめなかった。それに、仲間をつのれば、それだけリスクが大きくなる。計画に関与する人間が増えれば、それだけ裏切られる危険も増すわけだ。

しかし、きょうの一件で、考えをあらためた。ひとりで計画を抱えこむほうが、はるかにリスクが大きいと気づいたのである。たとえば、あのとき超重族に真相を見破られていたら、ただちに処刑されたはずだ。そうなったら、爆弾の所在や、起爆方法といった情報は、完全に忘れ去られてしまう。

換言すると、おのれの安全が脅かされ、その結果、無実の男が自分の身がわりに処刑された事実にショックをうけた結果、超重族に対する憎悪を、もはや押さえられなくなったのである。

ところが、こんどは友が自分を殺そうとしている。明確な理由をしめさないまま。

それとも、なにか知っているのか……？

太陽系秘密情報局の工作員は、あらためて室内を観察した。目の前にいる男女も、具体的にどうするか、まだ決めかねているらしい。なにやら小声で話しあっている。

この九人の背後に、どういう勢力がひかえているのか？　そもそも、かれらは〝ほんもの〟の叛徒なのか？　それとも、当初考えたように、超重族のスパイで、自分の忠誠をためそうとしているのか……？

ビルク・アモスがようやく口を開いた。

「目撃していた男をここに呼ぶわけにはいかない」

「そもそも、目撃者はいないからだろう？」

「あんたはアトと揉めごとを起こし、ホール中層の柵からつきとばして、墜落死させた……目撃者はそう証言しているぞ」

太陽系秘密情報局の工作員はおちつきをとりもどした。いまの言葉で、アモスが裏切り者とわかったわけである。つまり、超重族のスパイということ。いまの〝シナリオ〟は、連中が説明したものと、まったく同じだ。そうとわかれば、イニシアティヴをとれる。唯一、心配なのは、植物学者がキルリアナーについて、くわしく知っているという点だ。敵にくわしい情報を伝えていなければいいのだが……

「あんたには、死んでもらうことにした。気の毒だが、ワッツェル、わたしにはどうにもならない。ここから生きて出られるチャンスはない。選べるのは苦痛がつづく時間だけだ。抵抗しなければ、早く終わりにできる」

ワッツェルはにやりと笑い、

「ずいぶん、親切なんだな」

アモスのほかに、男がふたり、近づいてきた。武器は持っていなかったが、それでも不利なのは明らかである。壁ぎわまでじりじりと後退しながら、左右に視線を向ける。どこかにべつの出入口がないかと思って。

「裏切り者には容赦しないぞ、ワッツェル。あんたを殺すのは気が進まない。だが、ここにいる全員で決めたのだ」

「ほう。気がとがめているのか？」

工作員はそういうと、いきなり突進して、アモスの顎にこぶしをたたきこんだ。植物学者は背後にいた仲間ふたりとぶつかり、数歩後退。これで数秒は時間が稼げる。数秒では、なにもできないが……

4

はげしい反撃を予想したが、期待がはずれた。〝叛徒〟グループは冷静に対応したのだ。ビルク・アモスをのぞく八人は、壁ぎわに後退し、等距離で政治将校と植物学者をとりまいている。アモスは部屋のまんなかに立ちつくし、力がぬけたみたいに、両腕をだらりとさげたままだ。

ワッツェル・ヤチントーは旧友の目をのぞきこんだ。なにを考えているか、手にとるようにわかる。自分を憎んでいるわけではない。それどころか、同情しているらしい。積極的に戦う気もないようである。

「手伝ってくれ」と、仲間に声をかける。

だが、ほかの八人は反応しなかった。ワッツェルとしては、不気味な芝居を見ているような気分だ。何者かがアモスに、不本意な戦いを強制しているのである。

どうすればいいのだ？　アモスは本当に超重族のスパイなのか？　それとも、超重族をあざむくため、あえてこの役を買ってでた、ほんものの叛徒なのだろうか？　これまで、巧妙に立ちまわってきたが、その演技が破綻して、友と戦うはめになったのではないか……？

胃が締めつけられる。気分が悪くなった。超重族たち、どこまで人類を追いつめるつもりだろうか？

「ふたりで戦っても無意味だ、ビルク」と、しずかに声をかけてみる。「話しあおうじゃないか」

アモスはぎくりとしたが、頭を低くかまえると、いきなり突進してきた。やみくもにパンチをくりだすが、戦闘訓練をうけたワッツェルには通用しない。ダッキングの要領でこぶしを避ける。アト・ウェンクのような男とは違って、植物学者が戦闘のプロにダメージをあたえられるはずがないのだ。太陽系秘密情報局の工作員は、もっと危険な局面を、くぐりぬけてきたのだから。

ほかの男女はふたりの戦いを傍観していた。ひとりだけ、たびたび介入するそぶりを見せたものの、実際に手は出さない。それでも、時間が経過するうち、しだいに焦りはじめたようである。

「早く決着をつけるんだ、アモス！」と、ひとりがどなった。

ふたりは息をきらして対峙する。植物学者は力を使いはたしたようで、もう腕もあげられない。

すると、背後の壁ぎわにいた男が、いきなり跳びかかってきた。防御するひまもなく、力まかせに頸を絞めてくる。ワッツェルは抵抗を試みたが、目の前が真っ暗になり、床にくずおれた。男はすばやくはなれ、

「いまだぞ、ビルク！　とどめを刺すんだ！」

　かすむ意識のなかで、旧友が向かってくるのを、かろうじて認識。両手を伸ばし、やはり頸を狙っているようだ。

「やめろ、ビルク！」と、かろうじて声を出す。

　アモスの目には、涙が浮かんでいた。頸に指がかかり、力がはいる。

　次の瞬間、壁の一部が消えた。いままで気づかなかった扉が開いたのだ。超重族がひとり、跳びだしてきて、植物学者の背中を手刀で一撃。頸を締めていた手がはなれ、その上体がかぶさってくる。旧友は耳もとに顔をよせて、

「連中、キルリアナーのことは知らない、ワッツェル」と、ささやいた。「すまない。こうするほか、なかったんだ。許して……」

　そこで、こときれる。数秒後、筋肉が痙攣《けいれん》し、やがて動かなくなった。すぐ目の前にある顔は、こわばったままだ。数秒後、だれかがアモスの遺体をわきにどかす。

　工作員はあえぎながら、上体を起こした。痛む頸をさすりながら、

「感謝します、ご主人」と、超重族に礼をいう。

「合格だ、ヤチントー。おまえが信用できるかどうか、知りたかったのだが、安心したぞ！」

「感謝します、ご主人」ワッツェルはくりかえした。

「もう行ってよろしい」

テラナーは苦労して立ちあがり、敬礼して、外に出た。相手がそれをどう評価したかはわからない。自制をたもつだけで、せいいっぱいだったから。

＊

妻はにこやかに迎えた。人が変わったようだ。

「うれしいわ。早かったのね」と、抱きついてきて、いっしょにリビングにはいる。だが、なにかおかしいと、すぐに気づいた。ファイの手をやんわりとどかして、小物入れに使っているキャビネットに近づく。案の定、だれかがひっかきまわした痕跡があった。

「わたしがやったのよ、ダーリン」と、妻がほほえむ。

「なぜ？」

「気を悪くした？」

「いや、そうじゃない。理由を知りたいだけさ」

ファイは笑みを浮かべたまま、監視カメラをさししめし、

「あれが忠告してくれたのよ」と、悪びれずにいった。「あなたが裏切り者かもしれないからって。ここに住む全員が、ほかの人を見張る義務がある……そういわれたわ。わたしにもあると思う？」

ワッツェルは妻をひきよせて、

「勇気があるんだな、ファイ。もちろん、義務はあるさ。賢明な行動だったと思うよ。わたしも誇らしい」

ファイはうれしそうに、

「そういってくれると思ったわ！」

そのとき、バスルームで水音がした。ぎょっとして、そっちを見やり、

「だれかいるのか？」と、たずねる

妻はほほえむだけで、答えない。そのかわり、まもなくドアが開き、黒髪の男がはいってくる。どことなく、ファイと似た男だ。

「わたしの新しいパートナーよ」妻はそういうと、すばやく男に歩みより、腕をからませた。

「わからないな」工作員は茫然として、「どういうことだ？」

「あなたの任務は完了しました、ミスタ・ヤチントー」と、男がかわって答える。

「出ていってくれ！」

「わたしはあなたの交代要員です。以後、ここはわたしの管轄となります」

ワッツェルはとほうにくれて、ふたりを交互に見た。この状況にどう対処すればいいか、まるでわからない。

「ヤチントー、貴官は聡明なはずだ」と、監視カメラのテレカムから、声が響いた。「政治将校として、業績をあげている。一方、奥方については、すでに洗脳が終わった。貴官がこれ以上ここにいても、能力の無意味な浪費となるだけだ。そこで、奥方については、同様に洗脳を終えたパートナーを用意した。貴官はこのあと、アンネ・エホンと暮らすことになる。グレート通り八番だ。ただちに私物をまとめて、新しい住居に移動するのだ」

「悪いわね、ワッツェル」と、ファイがいった。「あなたといっしょにいられて、幸福だったわ。でも、ご主人の命令にはしたがわないと。ご主人としても、本意じゃないのよ」

妻を洗脳しようとしたことはなかった。超重族のプログラミングを押しつけたこともない。しかし、ファイは数週間前から急激におかしくなり、もとの人格を失ってしまったのだ。ずいぶん前から、最後はこうなるだろうと、無意識下で覚悟していたような気がする……実際にそうなってみると、とても許容できないが。

いまになって、ビルク・アモスになぐられた個所が痛みはじめた。しかし、超重族がもたらした心理的打撃ほど、ひどくはない。これまでの人生で、かつてなかったほどのひどいショックだ。のこっていた反抗心を、根こそぎ奪われた気がする。

キャビネットから、わずかな私物をひっぱりだし、袋につめこんだ。それが終わると、ファイの頬にキスして、

「しあわせにな」と、別れを告げる。

それから、見知らぬ男にも手をさしのべ、

「ファイはしっかりした女だ。よくしてやってくれ。でないと、承知しないぞ。こう見えても、腕っぷしは強いんだ」

「最善をつくすよ」と、男がいった。

「あんたは正直者らしい」

それだけいって、家を出る。もうここにはいたくない。なにより、これ以上、監視者に対して演技をつづける自信がなかった。

うちのめされたまま、それでも指定された場所に向かって、とぼとぼと歩く。人に会いたくなかったので、レストランや酒場は避けた。薄暗い建物や柱、停車したグライダーも。そこには、監視カメラが設置され、敵がたえず見張っているはずだから。

なるべく早く、自分をとりもどさなければ。見えない圧力は、ますますはげしくなるばかりだ。もう、あまり長くは耐えられないだろう。なにか次の手をうたなければなら

ない。

やはり、外部からの助けが必要だった。ひとりでできるのは、ここまでが限界だ。真に信用できる人間と、話がしたい。可能なら、いますぐグライダーを駆って、オル・ウェレスのいる山岳地帯に向かいたいところである。だが、いまは老人の存在を、敵に知られたくない……秘密武器庫の所在も。

しばらく周辺をさまよったあと、家にひきかえした。といっても、なかにはいる気はない。駐機場のグライダーに乗り、指定された住所に向かう。

グライダーを屋上駐機場に降ろし、反重力リフトで当該階層に下りると、エントランスで〝アンネ・エホン〟のネームプレートを探した。部屋はすぐに見つかり、そこに行って、ドアのインターカムで来訪を告げる。反応がないので、しばらく呼びつづけると、ようやく足音が聞こえてきた。

「開けてもらいたい、ミス・エホン」と、もう一度、あらためていう。「わたしはワッツェル・ヤチントー。聞いていると思うが」

ドアが開いた。息をのむほど美しい女が出てくる。だが、なにもいわずに、扉を開けたまま、奥にひっこんでしまった。ワッツェルは肩をすくめ、そのあとにつづくと、ドアを閉め、荷物のはいった袋を床に置く。

エホンはリビングのソファにすわっていた。ファイと住んでいた住まいとそっくりである……というより、同じタイプの部屋だ。チュグモスでは、住居に個性を持たせる余裕はない。すくなくとも、説得パラダイスには。

この〝虜囚都市〟の特徴を、こういう皮肉なかたちで思い知らされるとは。チュグモスはたしかにパラダイスだった……人間を堕落させる、地獄のパラダイスだ。

エホンはワッツェルを無視していた。3Dヴィデオ・キューブの前にすわりこんで、映画に見いっている。しかし、くわしく観察すると、まだ自我をたもっているのは明らかだ。下唇が小刻みに震え、こぶしをかたく握りしめている。

この〝新しいパートナー〟は、ファイとは正反対の状態にあるらしい。つまり、テラナーらしさをまだ完全に維持しているということ。超重族の洗脳を、すべてはねかえしたのだ。連中の目的を考えれば、自分がこの女性のもとに派遣されたのは、ごく当然のなりゆきといえる。

そこまで見きわめると、べつのソファに腰をおろして、相手の反応を待つことにした。そのまま、十分が経過。エホンがいきなり向きなおり、目に涙を浮かべて、

「なぜ出ていってくれないの？」嗚咽《おえつ》をおしころしてたずねる。

「なぜ？」ワッツェルはできるだけ冷静に応じた。「わたしには、ここではたすべき義務がある」

「軽蔑するわ」

「理由がわからないが……」

「わたしには、愛する男性がいたわ。すばらしい人間だったけど、あなたみたいな唾棄すべき連中が、その人間性を奪ってしまった。人格を破壊して……いまでは、超重族の奴隷になっているはず」

内心、賛辞を送りたいほどだ。実際、言葉が口をついて出そうになる。しかし、監視カメラの存在を忘れてはならない。

「すべて誤解しておられるようだ」と、かわりにいった。「あすにでも、よく話しあおう。そうすれば、考えも変わるはず」

アンネ・エホンは目を細め、

「それまで、あなたが生きていればね」と、応じる。「眠っているあいだに、ナイフで刺されないよう、気をつけて」

政治将校は思わず苦笑した。エホンは聡明な人間だ。そういうおろかな行動に出るはずがない。

立ちあがって、

「バスルームを使うのは、許していただけるかな?」

「どうぞ。どうせ、この家にとどまるつもりなんでしょう?」

ワッツェルは立ちあがると、

「では、シャワーを浴びさせてもらう。きょうは何度もなぐられて、からだじゅうが痛いんだ」

エホンの顔に、はじめて変化が生じた。目をまるくして、政治将校を見つめたのだ。やがて、にっこりと笑い、

「残念ね。殺されなくて」

「わたしが死んでも、状況は変わらない。すぐにべつの政治将校がやってくるだけだ」

「そうでしょうとも。だれでも同じってことね。まったく、吐き気がするわ！」

同感だった。気の毒でもある。しかし、いまは軽口をたたくくらいしか、返事のしようがない。「わたしの魅力がわかれば、それも変わるさ」

その自虐的意味が、相手に伝わるはずもない。エホンはワッツェルをにらみつけた。

それ以上は言葉をかわさず、バスルームにはいると、制服を脱ぐ。この真っ赤な制服は、自由を奪う〝矯正服〟のようなものである。シャワーを浴びても、ストレスから解放されることはない。それでも、いくらか気分がよくなった。

監視カメラがあるはずの一画に、視線を投げる。当然、ここにも設置されているはずである。

ハイパーカムで救援シグナルを送れればいいのだが。チュグモスの状況がいかに絶望的か、だれかに知らせることができたら……！

からだを入念に洗いはじめた。

アンネ・エホンは自分と同じ価値観を共有する、同志になれるだろう……彼女が敵のしかけた罠ではなく、観察したとおりの人間であれば。超重族を本当に憎悪しているのなら、ともに戦う下地はできているはずだ。

熱いシャワーを浴びながら、何度も熟考したが、この〝強制された状況〟は期待できそうだと思えてならない。

エホンがスパイでないとはっきりしたら、慎重にようすをうかがいながら、真実を告げようと決めた。

外部からの援助が望めないのであれば、せめて内部で同志を集めなければ。

＊

ワッツェル・ヤチントーは目をさました。本能が危険を嗅ぎつけたのだ。アンネ・エホンが近くにいるような気がする。室内は真っ暗で、姿は見えないが。すぐそばで、かすかな音が聞こえ、反射的にわきに転がった。手探りで、照明のスイッチを押しこむと、次の瞬間、室内に光があふれる。

アンネ・エホンがナイフを振りかざし、こちらを見おろしていた。左腕に激痛がはしり、思わずそこに目をやると、わずかに血がしたたっている。それを見て、完全に目がさめ、ゆっくり立ちあがった。再度の攻撃にそなえて、相手から目をはなさない。もっとも、エホンはもうナイフを下げていたが。

「なにも恐れる必要はない」と、傷口を手で押さえながら、声をかける。「もういいだろう？　そのナイフをわたしてくれないか？」

女は憎しみもあらわに、かぶりを振った。

「信じてくれ、アンネ。こうやって、ふたりが争っても、なにも解決しない。これまで、きみに対しては、フェアに接してきたつもりだ。冷静に考えてほしい」

「フェアですって？　恥知らず！　嘘と欺瞞《ぎまん》に満ちた説得プログラミングと、あのいやらしい薬剤を使って、愛する夫を破滅させたくせに！　こんどはわたしを廃人にする気でしょう？　そうはいかないわよ！」

エホンはナイフを逆手に持ちかえ、両手で柄を握った。自殺するつもりだ！　だが、ワッツェルのほうが速い。ナイフの先端が心臓をつらぬく前に、跳びかかってそれを奪いとる。

「わかっているはずだ、アンネ。死んでも、なんの解決にもならない。殺人も自殺も、結局は同じだよ」

女はものすごい形相《ぎょうそう》で政治将校をにらみつけていたが、やがて寝室を出て、バスルームにこもってしまう。ワッツェルは反対側にあるキッチンにはいり、そこで傷を処置しをたたく。エホンはここで寝ていたようだ。包帯を巻きおわると、バスルームに向かい、ドアをたたく。

「まだなにか用があるの？」

「絆創膏を持ってきた。必要だと思って。貼ったら、出てきてくれないか？　話したいことがある」

「いやだといったら？」

政治将校はそれに答えず、キッチンにはいっていった。コーヒーを用意し、自動供給装置でトースト二枚をとりだして、リビングに運ぶ。それを食べ終えるころ、アンネ・エホンがやってきた。きびしい表情で、向かい側のソファにすわり、

「どうしたいの？」と、たずねる。

「きみのことを、もっとよく知りたい。勤務地は？」

「ポジトロニクス・センター西よ」

ポジトロニクス・センター西は宇宙監視センターだ。艦隊の管制と命令伝達がおもな任務である。すると……エホンはワッツェルにとって、より重要な存在になりそうだ。そう考える反面、もちろん疑念ものこった。敵の諜報工作は複雑で、容易には見破れない。ビルク・アモスの件を見れば、明らかである。

では、アンネ・エホンはスパイなのか？　もっとも、これが罠だとしても、アンネ本

人はそれと認識していないはずだが……

いずれにしても、決断の瞬間が迫っているのはたしかだ。その結果、身を滅ぼすことになるかもしれないが……とにかく、いまはだれかを信用しなければ。

「きょうじゅうに、西センターを訪れよう」と、いってみる。

エホンは青ざめ、また唇を震わせた。その表情を見れば、彼女の立場は明らかだ。超重族にかくしておきたい〝なにか〟に関わっているのである。まちがいない。いまの反応は、それ以外に説明できなかった。

「さて、その前に、自分のことを話してくれないか？」ワッツェルはそういうと、ソファにからだをあずけた。

＊

政治将校の赤い制服を身につけていれば、大半の施設にフリーパスで入構できた。ポジトロニクス・センター西も同様だ。誰何《すいか》する人間はいない。

アンネ・エホンの所属は前もって聞いていたので、すぐにわかる。彼女は制御機器の前にすわっていた。顔が真っ青だ。こちらの出方をうかがっているのだろう。意識的に、わざとらしい態度で声をかける。こうすれば、相手はことさら無視しようとするはずだし、そのほうが好都合なのだ。

　ワッツェル・ヤチントーは朝早く、秘密貯蔵庫に行って、必要なものを用意した。残念ながら、オル・ウェレスとは会えなかったが。訪れた理由を告げておきたかったが、やむをえない。ひとりで小型ポジトロニクスを操作し、中央ポジトロニクスに侵入するのに必要な、プログラミング・ディスクを作成した。計画どおりにいけば、この危険きわまる地下活動を開始して以来、最大の成果をあげられるはずである……

　だが、ディスクのことはおくびにも出さず、エホンに声をかけつづけた。相手もさすがにうんざりしてきたらしい。

「なにをしにきたの？　なにか目的があるんでしょう？」と、ようやく口を開く。

「そのとおり。パラダイスの規定により、きみが新パートナーに決まったから、勤務場所を見にきたんだ、アンネ……そう呼びかけてもいいと思うが、どうかな？」

　女はため息をつくと、ひかえめな笑い声をあげ、

「どうぞ。しかたがないから」そこで、話題をそらすチャンスを見つけ、「で、あなたの名は？　つまり……ファースト・ネームだけれど」

「ワッツェルだ」

「聞いたことがないわね。なにか特別な意味があるの？」

「両親がなぜそう名づけたか、わからない。あいにく、理由をたずねるチャンスもなくて。でも、それほどおかしいかな？」

エホンはほほえんだ。出会ってはじめて、心からの笑みを見たような気がする。彼女はこれまで知りあったなかでも、いちばん魅力的な女性かもしれない。

手をさしのべて、

「いつかわかると思う。じつをいうと、わたしはそれほど悪い人間じゃないんだ」

女は顔をしかめると、立ちあがって、

「わたしはどうすればいいかしら？」

「そうだな。清涼飲料がほしい。持ってきてくれないか？」

ここに飲料自動供給装置がないのは、最初からわかっていた。エホンはうなずいて、部屋を出ていく。ワッツェルはすでに、監視カメラの位置も、その死角も把握していた。おもむろに移動して、コンソール上の書類を見やるふりをしながら、プログラミング・ディスクをとりだし、所定のスリットにすべりこませる。

そのあと、書類をもとにもどしながら、ほかの監視スクリーンもチェック。一モニターに、チュグモス大気圏内に進入してきた小船団がうつしだされている。

政治将校は思わず息をのんだ。

これは外部からの救援ではないのか？　抵抗運動を支援にきた、太陽系帝国の艦艇では……？　まちがいない！　超重族の部隊なら、こういうコースをとるはずがない！

それとも……これもなにかの罠なのか？

はっとして、振り返る。エホンがジュースのグラスを手に、立ちつくしていた。その表情から、すべてを見ていたのは明らかである……いや、逆だ。〝政治将校〟にすべてを見られたと思っているにちがいない。アンネはポジトロニクスのプログラミングを変更していたのであった。

5

「われわれ、探知されているでしょうね」と、ヴェルン・グラルショッツがいった。

「おそらくな」テマル・カンツォス少佐は操縦桿を倒して、「着陸しよう」

そういうと、グライダーを砂浜に降ろす。飛行マシンは五座で、この作戦用にいろいろ改装をほどこしてあった。男三名と女ひとりは外に出ると、装備を運びだし、飛翔装置でそこをはなれる。

少佐は充分にはなれると、遠隔操作でマシンをスタートさせた。グライダーはほとんど無音で浮遊すると、海面すれすれを五百メートル飛び、そのあと海中に没する。一方、四名はかくれ場となりそうな岩場を見つけて、そこに降りた。

カンツォスはとがった岩の上に立ち、海岸を見わたす。やがて、ほかの三人が近くにやってくると、

「奇妙だな」と、いった。「超重族たち、挨拶がわりにミサイルを発射してくるとばかり思っていたが」

「たしかに探知されていたのですが」と、グラルショッツがつぶやく。同様に、攻撃されるものと、覚悟していたようだ。

「考えるのはよしましょう」と、ミリアム・タウッツが、「なにも起きなかったのですから、それで充分です」

少佐は答えない。その意見に反対なのは明らかだ。

「さて、これから西に向かう」と、しばらく海岸を観察してから、「情報によれば、そこにも説得パラダイスがあるはずだ」

四人はふたたび反重力プロジェクターを作動させ、空中にもどった。探知をまぬがれるため、地表すれすれを飛ぶ。先頭がカンツォスで、グラルショッツ少尉がしんがりだ。少佐は数分おきに高度を上げて、後方を確認した。しかし、なにも見えない。追跡も、監視もないようである。とはいえ、もちろん安心はできないが……反対に、しだいに不安がつのってくる。この先には、とほうもない罠が待ちかまえているのではないだろうか？　超重族はいったん探知した物体を、見のがすような相手ではないのだ。

ジャングルに到着すると、マスル・ラシュモンの警告が正しかったとわかった。トクサ類のあいだから、火のように赤い鳥が飛びだしてきたのである。翼をひろげると、さしわたしが二メートルはあるだろう。

「気をつけろ！」と、鳥類学者がどなる。

猛禽は猛烈な速度で接近してきた。グラルショツがそれを見て発砲。

「ばかもん！　殺す必要はなかったんだぞ！」

ラシュモンはそういうと、墜落していく猛禽を見送る。

「嘴《くちばし》で八つ裂きにされるまで、待てというんですか？」少尉は気色《けしき》ばんだ。

「威嚇射撃で充分だろう」

「だったら、先にそういってください」

「いっぱしの大人に、動物をむやみに殺すなと説教しろというのか？」

「しずかにするんだ！」と、少佐は命じた。

注意深く、周囲を観察。巨大トクサの森は地平線までひろがり、なかには高さ百メートル以上の大木もある。しかも、その樹冠近くまで、蔓植物がからみあっていた。地上付近にはほとんど光がとどかないが、それでも無数の生物が生息しているようだ。

一行は飛行を再開した。ジャングル地帯をぬけ、サバンナに到達するまで、数時間かかる。この一帯には、身をかくす場所がほとんどないから、捕虜収容所を設置するには最適の地形といえた。だが、野生動物の群れが多いところから、説得パラダイスまではまだ距離があるとわかる。

テマル・カンツォスは休憩をとるため、ちいさな湖のほとりに着陸した。グラルショツがすぐ計測にかかり、

「目標まで、あと五十キロメートルです」と、報告。「すこし偵察してきます。大気は澄んで、視界良好のようですから」

少佐の許可を待って、飛翔装置を作動させると、急角度で高度八千メートルまで上昇した。その途中から、説得パラダイスの高層建物群が、グリーンの地平線に見えはじめる。その手前には、丘陵にかこまれた収容施設が点在していた。予定した高度に達すると、左右に移動してみたが、ほかの施設は見あたらない。あきらめて、反重力プロジェクターのスイッチを切り、石のように落下しはじめる……落下速度を調整するため、四肢をひろげながら。

地上でそれを見守っていたラシュモンは、驚いて息をのんだ。少尉は高度五十メートルでふたたび反重力プロジェクターを作動させ、その隣りにやんわりと着地する。

「飛翔装置が壊れたのかと思ったぞ！」と、鳥類学者がうなった。

グラルショツはにやりとして、

「もしそうなったら、テレカムで知らせますよ……あなたが逃げだせるように！」

「それほど余裕があるようには見えなかったがね」と、ラシュモンがいいかえす。

少尉はカンツォスに視線をうつして、

「まもなく、もよりの収容施設に到達します。その向こうにある、説得パラダイス本体にくらべれば、警備態勢も手薄でしょう」

カンツォスはうなずき、また先頭に立って浮遊した。二十分後、最初の建物が視野にはいってくる。説得パラダイス〝銀河の自由〟は、丘陵の背後になっていて、まだ見えない。少佐はいつでもかくれられるよう、藪をたどって進んだ。しかし、超重族はあらわれない。収容所まで、あと二キロメートルの地点で、はじめてグラルショツの計測機器に反応がある。

「前方の藪のなかに、ロボットがひそんでいます！」

「暗くなるまで待ったらどうだろう」と、ラシュモンが提案した。

「あまり意味がないわね」と、タウツが口をはさむ。「警備ロボットなら、暗闇でもこちらを探知できるはず。破壊するしかないわ」

鳥類学者は納得した。もっとも、どうやって気づかれずに接近するのか、想像もできないが。きっと、少尉がこっそり忍びよって、破壊するのだろうと考える。だが、しばらくすると、そうではないとわかった。グラルショツは装備のなかから、腕ほどの長さのランチャーをとりだしたのだ。装塡するミサイルは、全長十センチメートルほどしかない。

「ずいぶんちいさなミサイルだな」と、目をまるくして、つぶやく。

「これでも、分子破壊弾頭つきでね」と、カンツォスが説明した。「命中すると、対象を一瞬にして塵に変える」

「敵が強力な防御バリアをはっていなければ、ですがね」と、少尉がいいそえる。

そのあと、ふたりは小声で相談をはじめた。やがて、意見が一致したようだ。グラルショッツがランチャーを操作して、発射ボタンを押す。ミサイルがかすかなうなりをあげて、ランチャーから飛びだし、藪のなかに消えていった。少尉は計測機器を凝視していたが、やがて顔をあげ、満面の笑みを浮かべると、「前進できます」

「この先も、同じ方法で障害物を排除できそうだな」と、少佐はうなずき、「では、不要な装備はここに置いていこう」

秘密作戦の専門家三人が、この先は必要ないと思われる装備を選ぶ。そのあいだに、鳥類学者は周囲を観察していたが、やがて、

「どうも雲行きがあやしい」と、つぶやいた。

「天候は作戦に影響をおよぼしません」と、グラルショッツが応じる。「ずぶぬれになっても、どうということはないでしょう」

「われわれはそうだが、雨が降りはじめると、ある種の猛獣が活発に活動しはじめるんだ。危険なネコ科の猛獣で、おそろしく敏捷なうえ、ひどく狡猾《こうかつ》でね。〝アメワシ〟という猛禽と共同して獲物を襲う。狙われたら、防御のしようがない」

「なるほど。あんたを連れてきてよかった。すると、できるかぎり刺激しないようにするほかないのだな？」

「そういうことです」

「では、行こう」と、カンツォスがつづける。「収容所には、少尉とわたしのふたりで潜入する。タウツ少佐、きみはラシュモン博士とともに後方につづき、緊急の場合には後背援護をたのむ」

カンツォスとグラルショツは先を急ぎ、タウツとラシュモンがゆっくりそれにつづいた。鳥類学者は猛獣の襲撃を恐れて、さかんに周囲の気配をうかがう。なにも起こらないが、鳥類学者の不安が太陽系秘密情報局将校にも感染したようだ。やはり、あたりの観察をおこたらない。

一方、先を行くふたりは、トクサをはじめとするシダ植物や、寄生植物からなる藪をぬけた。カンツォスは前方にかすかな光を発見し、グラルショツに手で合図する。最初の収容施設についたのだ。肉眼ではわからないが、周囲にはエネルギー・バリアがはりめぐらされていた。用心しながら、前進をつづけると、やがて公園のような施設が見えてくる。

「ずいぶん平和そうな場所ですね」と、少尉が息をひそめながら、「居心地はよくないんでしょうが……」

恒星が雲にかくれ、あたりが真っ暗になった。次の瞬間、雨が降りはじめる。だが、ふたりはその場にとどまり、説得パラダイス内部をうかがった。一般的な捕虜収容所のように、荒涼とした雰囲気はないようだ。建物の外にも、虜囚とおぼしき男女の姿が見える。たいていは数人から十数人のグループにかたまり、なにかしゃべっていた。

虜囚以外では、赤い制服の男たちが目だつ。超重族の姿もちらほら見えるが、虜囚を監視している気配はない。捕らわれた男女も、とくに超重族の存在を意識していないようである……

カンツォスは顔に降りかかる雨を両手でぬぐった。ひどく蒸し暑い。湿度は耐えがたいほどである。

グラルショツが外縁部の建物をさししめした。エネルギー・バリアの境界のすぐ近くにあり、人々が次々にはいっていく。

「集会があるみたいですね」と、少尉が声をひそめて、「われわれにとっては、好都合かもしれません」

「あのバリアを通過して、コンタクトしてみよう」

USOスペシャリスト二名はいったん藪にもどり、エネルギー・バリアにそってしばらく進んだ。やがて、背の高い木が二本ならぶ場所を見つけ、それを掩体《えんたい》にとる。梢ごしに見える建物には、窓がない。

しばらくすると、雨がはげしくなってきた。数メートル先までしか見えず、足もとの地面はたちまち泥の海と化す。それでも観察をつづけるうち、やがて雨をついてはげしく羽ばたく猛禽を発見した。どうやら、エネルギー・バリアを突破しようとしているようだ。急上昇して、建物に向かおうとしたとたん……閃光がはじけ、その姿が消える。のこったのは、わずかな陽炎《かげろう》だけだ。

「くそ！」と、少尉がうめいた。反重力プロジェクターでバリアをこえるという作戦は、放棄せざるをえない。だが、ほかにも方法はある。グラルショッツは多目的アームバンドを操作しはじめ、まもなく顔をあげると、「うまくいきそうです！」

制御ポジトロニクスに干渉するインパルスを発信して、バリアを通過しようというのだ。数分後、バリアの一画に構造亀裂が生じた。成功である。カンツォス少佐はそこに跳びこみ、建物に向かって走りだした。壁ぎわにたどりつくと、背を壁に押しつけて、グラルショッツを待ち、いっしょに建物の背後にまわる。だれかに見られても、不審には思われないだろう。土砂降りにあった男が、建物の軒下に駆けこむのは、ごく日常的な光景のはずである。

ふたりは入口を見つけて、扉の前に立った。手首の多目的機器を袖に押しこみ、インパルス銃はコンビネーションの上着にかくす。

そのあと、玄関にはいった。

テラナー数名がふたりを見る。いずれも、驚きの表情を浮かべて。

「ハロー、どこからきたのです？」と、ひとりがたずねた。

カンツォスはハンカチをとりだして、顔や首筋の雨を拭きとる。グラルショッツは腕で顔をぬぐうと、

「外からですよ」と、応じた。「見ていなかったんですか？」

数人が失笑し、

「四号室にどうぞ」と、そのうちのひとりが奥をさししめす。「そこに、乾いたタオルがありますから」

人々は背を向けると、行ってしまった。ふたりに対する関心を、早くも失ったようだ。少尉がなにかいおうとしたが、カンツォスが手をあげて、それを制する。そのまま、赤い制服の男たちのあとを、無言でついていった。通廊のつきあたりは、大ホールになっている。開いたドアごしに、大勢が集まっているのが見えた。

「なんとなく、気にいらんな」と、カンツォスが小声で、「理由ははっきりわからないが」

「はいってみれば、わかりますよ」と、グラルショッツ少尉がドアをさししめす。

カンツォスがまずなかにはいった。上着に手をつっこんで、インパルス銃の銃把を握ると、すぐわきの壁を背にして立つ。だが、集まった五十名ほどはすべてテラナーで、超重族の姿はない。

一方、虜囚たちは新参のふたりをいっせいに見つめている。全員が壁のパネルに向か

い、長椅子にすわるさまは、どこか学校を連想させた。さっき、ふたりを出迎えた男のひとりが、それと向かいあうかたちで……つまり、パネルに背を向けてすわっている。その男はグラルショッツがドアを閉めるのを待って、

「先ほどは、あなたが〝外からきた〟といった意味が、よく理解できませんでした」と、口を開いた。

「そのようでしたね」と、少佐がうなずき、銃をとりだして、ベルトのホルスターにもどす。「われわれ、救援部隊の先遣隊として、この惑星に降りました。数時間前です。つまり、チュグモスの住人は解放されるということ。救出準備はすでにととのっています。とはいえ、自由人の協力も必要ですが」

男は立ちあがると、ふたりに近づいてきた。ほほえみながら、手をさしのべ、

「わたしはモルト・トレイク。〝外から〟の声を聞けて、よろこんでいます。キント＝センターにいる大提督アトランの命令でこられたのですな？」

カンツォスは男をしげしげと観察した。どこか態度がぎこちない。

「そのとおり。大提督の命令です」と、応じる。「情報によれば、チュグモスには百万人が捕らわれているはず。その全員を〝方舟〟と名づけた救出船に収容し、安全な場所に移送する計画です」

「安全な場所ですと？」と、トレイクは顔をしかめ、「どこのことです？」

どこがおかしいか、ようやくわかった。ホール内の男女は、だれも驚きの表情ひとつ見せないのだ……椅子にすわったまま、おとなしく聞いているだけで。本来なら、歓喜の叫び声をあげ、跳びあがってしかるべきなのに。

「すぐにわかります、ミスタ・トレイク。いまその場所がどこかは、副次的な問題にすぎません」

「そうは思いませんぞ、ミスタ……失礼。なんとおっしゃったか……？」

「カンツォス少佐です。こっちはグラルショッツ少尉」

「では、少佐。遺憾ながら、あなたは勘違いしておられるようですな。われわれにとり、どこに連れていかれるかは、きわめて重要な問題なのです」

カンツォスは悪い予感がして、ベルトに手をやり、

「どうなっているのです？」と、声をはりあげた。「てっきり歓迎されるとばかり思っていましたが。グリーン肌の奴隷という地位に甘んじて、脱走したくない……そう考えるテラナーがいるのですか？」

「一定の知性を持つ人間として」と、トレイク。「〝グリーン肌〟という表現は、いささか好ましくありませんな」

両USOスペシャリストはあたりを眺めまわした。人々が立ちあがりはじめる。だれも、にこりともしない。その反対だ。その目に、憎悪の光を浮かべていた。

「ふたりとも、救いがたいおろか者らしい」と、トレイクが冷たい声で、「のこのこあらわれて、ご主人の壮大な偉業を否定しようとするとは。もうそろそろ、理解したらどうだ？　旧世界はもはや存在しない。かわって、レティクロンが銀河系第一ヘトランとして、新しい世界を建設している。しかも、第一ヘトランはわれわれに参加のチャンスをあたえてくれた。それを裏切ると、本気で考えているのか？」

グラルショッツはとっさにドアに突進した。だが、男がひとり立ちはだかり、わきにつきとばされる。同時に、見慣れた閃光がホールを切り裂いた。だれかがインパルス銃を発射したのだ。驚いて振り返ると、カンツォス少佐がくずおれるところだった。すぐ近くで、男が銃をかまえている。

少尉はほとんど本能的に行動した。男が銃を向けるのを見て、自分も銃をぬき、応戦したのである。人々がひるんだすきに、ふたたびドアに駆けよると、通廊に跳びだし、出口に向かう。玄関ホールにつくと、いったん立ちどまって、追跡してくる男たちに威嚇発砲をくわえ、そのまま豪雨のなかに跳びだしていった。さいわい、ひどい土砂降りがまだつづいていて、視界は数メートルしか効かない。まもなく、追っ手が外に出たらしく、背後から撃ってきたが、狙いを定めたものではなかった。

まもなく、エネルギー・バリアにたどりつき、干渉インパルスを発信してそこを通過。泥濘のなかに頭からすべりこむ。なんとか立ちあがり、苦労しながら前進をつづけた。

一歩ごとに、膝まで沈みこむため、やむなく反重力プロジェクターを作動させる。こうすると、探知される危険が高まるが、このさいしかたない。

ゆっくりと浮上。

両脚がようやく泥から解放されたと思った瞬間、背後でものすごい叫び声が響いた。思わず振り返ると、豪雨をついて、巨大な猛禽二羽が接近してくる。するどい嘴と爪を見て、反射的に銃をぬこうとしたが、遅すぎた。二羽が両側からつかみかかり、両腕の自由を奪われてしまったのだ。

必死でもがくうち、前方に第三の敵があらわれた。マスル・ラシュモンが警告していた、テラの豹ほどもある大型獣である。黄色とグリーンの斑《まだら》におおわれた猛獣が、音もなくジャンプし……ナイフのように鋭い牙をテラナーの頸につきたてた。

猛獣が獲物を殺すと、猛禽二羽は軽々と持ちあげ、運び去る。実際、反重力プロジェクターが機能しているせいで、ほとんど重さを感じないようだ。豹に似た猛獣も、それを追っていった。獲物はあとで、公平に分配するのだろう。

＊

ミリアム・タウッツはブラスターをかまえた。ヴェルン・グラルショッツと猛禽二羽が、豪雨のなかから突然あらわれたのだ。だが、発砲する前に、マスル・ラシュモンが腕をつかんで、それを制した。

「もう遅い！」

ミリアムは一瞬だけ躊躇《ちゅうちょ》し、そのあいだに少尉の姿が見えなくなる。鳥に連れ去られたのだ。

「なぜとめたの？」と、少佐がたずねる。

「無意味だから。グラルショッツ少尉はもう死んでいた。発砲したら、かえってこちらの存在を、連中に教えることになる」

「もっともだわ。あなたのいうとおりね」と、太陽系秘密情報局の工作員は、「かくれましょう。急いで！」

警報が聞こえてきた。鳥類学者がそれを聞きつけて、

「カンツォスを助けなくては」

「やっぱり手遅れだわ。もう生きていないでしょう」

ふたりは大急ぎで森を横ぎり、装備を置いてあるかくれ場に走った。

「なぜわかるんだ？」

「カンツォスが生きていたら、グラルショッツをひとりにはしないでしょう？　非常事態が起きたら、ふたりはいっしょに行動するはずよ……生きているかぎりは」

かくれ場に走りこんで、あたりを確認。

「異常ない！」

ラシュモンはそういうと、四人ぶんの装備をひっぱりだす。雨はさらにはげしさを増し、どならないと、意思疎通もままならないほどだ。それでも、警報はまだ聞こえつづけていた。USOスペシャリストが任務に失敗したのは明らかである。

「どこに行く？」と、たずねる。

「ここにとどまるわ」と、太陽系秘密情報局要員。

「とんでもない。少尉の二の舞になる」

「たしかなの？」

「誓って。雨の圏外に出ないと、いずれ襲われる」

「圏外というと……？」

ラシュモンは空を指さした。だが、タウツ少佐はきっぱりとかぶりを振り、

「雲の上に出たら、超重族にたちまち探知されるわよ。この雨は絶好の掩体でもあるんだから」

「では、しかたない。とにかく、たえず銃を手にしているんだ。いつでも発砲できる状態で」と、鳥類学者は顔にかかった赤毛を掻きあげ、「敵が見えたら、すばやく、よく狙って撃つ……それ以外、アメワシをしりぞける方法はない」

ふたりは手探りで前進した。降りしきる雨はグレイの壁となって、周囲の視界をさえ

ぎっている。ほんの数歩先までしか、視界が効かないのだ。地面は泥濘と化し、一歩ごとにブーツをとられてしまう。やむをえず、探知される危険をおかして、飛翔装置を使うことにした。

ミリアムはしきりに上空をうかがっている。アメワシか、超重族のグライダーを警戒しているのだろう。だが、さしあたりその危険はなさそうだ。

ひろく梢をのばす大木の下に、雨をしのぐかくれ場を見つけてもぐりこみ、ようやくひと息ついた。

「あのふたり、なぜ失敗したのかしら」と、太陽系秘密情報局要員がつぶやく。「カンツォスもグラルショッツも、一流のスペシャリストだったのに。なにが起きたか、想像もつかないわ」

「超重族に遭遇したのでは？」と、鳥類学者。

「可能性はあるけど……でも、それは想定していたはずよ。そうじゃない。不意をつかれたにちがいないわ。きっと、予想もしなかった相手に……」

ミリアムは最後まで話せなかった。ずんぐりした影が四つ、いきなりすぐ近くに出現したのである。ふたりは銃をかまえたが、それでも反応が遅すぎたようだ。超重族のほうが、一瞬だけ早くパラライザーを発射したのである。

ふたりは硬直し、銃を落とすと、泥濘のなかにくずおれた。

とはいえ、意識を失ったわけではない。作戦は完全に失敗したようだ……と、ラシュモンはぼんやり考えた。

USO部隊が早急に介入してこないかぎり、自分たちはおしまいだろう。超重族たち、生きのこったふたりを拷問にかけてでも、知っていることを洗いざらい聞きだすにちがいない……

6

ワッツェル・ヤチントーははっとして、われに返った。雨がはげしく窓をたたいたのだ。だが、そのままアンネ・エホンと無言で見つめあう。相手は自分の〝違法行為〞が見つかったと、すぐに悟ったはずだ。

向かいあったまま、息苦しい時間がすぎる。どうやって、この〝窮境〞をきりぬければいいだろうか？　ワッツェルは自分が罠にはまったのではないかと思っていた。一方、アンネは〝政治将校〞がポジトロニクスにアクセスした理由が、いまも理解できないでいるだろう……

太陽系秘密情報局要員はおもむろに手をのばして、グラスをうけとった。中身を半分ほど飲んでから、ほほえむ。

「ありがとう、アンネ。うまいジュースだ」

女はコンソールの前にもどった。その手が震えている。この状況をまだ把握しきれていないのだろう……つまり、エホンは超重族のスパイではないということ。ワッツェル

は思わず安堵のため息を洩らした。監視カメラに背を向けて、同じようにコンソールにかがみこむと、

「勤務が終わるのはいつかな、アンネ？」

「半時間したら。非番になるわ」

「では、そのころ迎えにくる」

「どうぞ」エホンの声は、ほとんど聞きとれない。うなだれたままである。

「重要な任務があるんだ、アンネ。それまで、ここでの勤務をこなしてほしい。〝眠らない目〟が見ていることも忘れずに！」

女は顔をあげて、

「もちろん、忘れないわ！」

「では、たのむ！」

どうやら、遠まわしな警告を理解したようである。ワッツェルは部屋を出た。アンネは充分に理解したはずである。これからの半時間、ルーチン・ワークをこなしながら〝政治将校〟がポジトロニクスに対する細工を見逃した理由を考え……考えられる唯一の結論にいたる。つまり、この政治将校は味方だということ。

時間をつぶして、部屋にもどると、エホンはにこやかに迎えた。やってきた交代要員にほほえみかけ、勤務をひきついで、ワッツェルといっしょに外に出る。外は相《あ》いかわ

らず、雨が降っていた。用意したグライダーは単座で、ふたりで乗るにはいささか窮屈だったが、アンネは文句をいわない。キャノピーを閉じ、離陸すると、機首を収容所都市の中心部に向ける。

「このなかなら、おおっぴらに話ができるよ」と、太陽系秘密情報局要員はいった。

「機内に盗聴装置がないことは確認してある」

「ほんとうに安全なの？」

「念のため、何度も調べてみたけれどどね。そもそも、ひとりしか乗らないグライダーを盗聴しても、無意味だろう？」

「たしかに」

「わたしに対する誤解も解けたと思うが……？」

「ええ。わたしがしていたことに、すぐ気づいたんでしょう？」

「宇宙空間からやってきた異船を探知したのに、警報を出さなかった」

「そういうこと」

「なぜ？」

アンネはワッツェルを見つめた。まだ完全に信頼しているわけではないということ。しばらく、唇を噛みしめていたが、やがてすべてを話す気になったらしい。

「テラの作戦部隊が着陸したにちがいない……そう判断したからよ。ずっと待っていた部隊が。あのセンターに勤務していると、ほかの収容所惑星では、救出作戦がかなりの成果をあげているとわかったわ。大提督アトランが、テラナーを超重族の軛《くびき》から解放しようとしていると……」

「そのとおりだと思う、アンネ。わたしも、いずれそういう部隊が到着すると信じている。そのときのために、準備をととのえておけば、成果はそのぶん大きくなるだろう。でも、一方で、レティクロンの対応も考慮しないと。あの超重族、テラナーが叛乱を起こした惑星を、破壊したこともあるんだ」

エホンは青ざめ、

「この惑星も、そうなるかもしれないわね」

「そうはさせない！」と、太陽系秘密情報局要員はかぶりを振り、「わたしは大規模な作戦を立案した……一部はもう実行にうつしているんだ。いちばんの脅威は、この星系に駐留する超重族艦隊だが、対策も考えてある。敵のポジトロニクス・ネットワークに侵入して、プログラミングの一部を改変した。決起の瞬間が迫ったら、連中はにせの命令を受領し、この星系を去る！」

「本当にそうなればいいけれど。実現可能だって、信じているの？」

「確信している！　これでも、太陽系秘密情報局の工作員でね！」

「太陽系秘密情報局の工作員だった……？」

「違うんだ、アンネ。過去形じゃなくて、いまでも現役でね。銀河系の政治状況が変わっても、わたしの立場は変わらない」ワッツェルはそういうと、エホンの肩に手をおいて、「これまではひとりで戦ってきた。あえて、だれも信用しないようにして。でも、きみは信じられる！　万一、超重族がこの計画を察知して、わたしが殺されるような事態になったら、あとを継ぐ人間が必要だ。協力してくれないか？」

「わたしにできると思うの？」

「もちろんさ。ポジトロニクスを操作するのは得意だろう？」

「ありがとう。よく教えてくれたわ」女はうなずいた。

「ここのポジトロニクスは、テラナーが設計したものだ」と、ワッツェルは胸をはり、「これだけのものは、超重族には製造もできない。だからこそ、われわれを奴隷として必要としている」

「なにをすればいい？」

「これから、秘密基地に行って、必要な物資をとってくる。そのあいだ、きみは疑われないよう、ふだんどおりに行動してくれ」

「安心して」アンネは額にかかった巻毛をはらって、「でも、なんだか自分がよくわからなくなったのは、たしかね。ゆうべはあなたを殺そうと思っていたのに……」

「もうすこしだったね」

「あなた、きっと運がいいのよ」

アンネの住まいがある建物が見えてきた。グライダーをその屋上に降ろし、キャノピーを開く。アンネは外に出ると、はげしい雨のなかを入口に向かった。その手前で立ちどまると、グライダーに手を振り、なかにはいる。ワッツェルはキャノピーを閉じ、3Dヴィデオ・キューブを作動させて、ふたたび飛びたった。

だが、アナウンサーの最初の言葉を聞き、愕然とする。

「……ローダン一味の攻撃が失敗しました。三人の男のうち、ふたりは死亡し、三人めは太陽系秘密情報局の女性工作員とともに、拘束されました。この二名は防衛部隊がパラライザーで無力化したものであります。今後は専門家チームが、二名の尋問にあたるでしょう。それにより、大提督アトランのさらなる犯罪行為について、詳細が明らかになるはずです……」

そこでスイッチを切った。全身が震え、気分が悪くなる。グライダーを急上昇させて、雨雲の上に出た。

ニュースの真偽は疑いようがない。超重族は功績があったときにかぎり、真実を報道させる。つまり、今回も真実ということ。

ショックは大きかった。すべての希望がわずかのあいだに失われたのである。ふたたび、疑心暗鬼にかられる。アンネ・エホンは真実を語っていたのか？　本当に探知結果を報告しなかったのか？　超重族の命令で、自分を罠にはめようとしているのではないか？　いや、すでに罠にはまっているのかもしれない……

思わず悪態をつく。この種の秘密工作については、熟知していた。自分も裏切り者をあばくため、何度となくこういう偽装工作にたずさわってきたのだ。混乱させ、なにが真実かわからないようにしむけると、ターゲットは自分から正体をあらわすもの。

だが、本当に超重族の罠にはまったのか？　罠は閉じようとしているのか？　敵が爆弾の存在を知ったら、それをどこにセットしたか、どうやって点火するのか……そういった情報も得ようとするはずである。あるいは、爆弾の入手ルートや、協力者の有無《うむ》などについても。だが、そのためには、こちらのあらゆる挙動を、つねに監視する必要があった。

どうするべきだろうか……？　敵は自分がオル・ウェレスを訪れるのを、待つつもりだろうか？　それとも、これは考えすぎなのか？

そもそも、救援部隊は本当にチュグモスまでやってきたのだろうか？　はじめから、すべてが茶番ではないのか……？

思わず苦笑した。どうするべきか、急にわかったのだ。

グライダーを反転させ、あらたな目標をプログラミング。あとはオートパイロットにまかせればいい。数秒後、ふたたび雨滴がキャノピーをたたきはじめた。ワッツェルはシートにからだをあずけ、ぼんやりとそれを見つめる。数分後、グライダーは低い建物のあいだに着陸した。外に出て、もよりの入口に走っていくと、ちょうど外に出てきた先任の政治将校にぶつかりそうになる。

「あわてるな、ヤチントー！」

「失礼しました、サー。濡れたくなかったもので」

「同感だな」

男は反撥フィールド傘のプロジェクターを手にしていた。それを作動させて、ワッツェルにはかまわず、さっさと雨のなかに出ていく。それを見送って、建物にはいり、雨をぬぐうと、まっすぐカジノに向かった。思ったとおり、非番の政治将校が集まっている。にぎやかに歓談するなかに、顔見知りがいるのを見つけ、近づいていくと、

「ここだな、ひと騒動あったのは」と、声をかける。

ほかの男たちも、すぐに反応した。

「USOスペシャリストが教育ルームにまぎれこんできたんだ」と、ロク・ソウゲントウア少尉が説明する。「連中、だれを相手にしているか、知らなかったらしい」

「あんたも、そこにいたのか？」

「もちろん。ひとりをかたづけた」

ワッツェルは苦労して無表情をよそおった。政治将校の役割を演じながら、事件の詳

細を聞きだす。その結果、実際に作戦コマンドがやってきて、制圧されたのだとわかった。

「で、捕虜はどこに？」ソウゲントウアが話しおえると、たずねる。

「ここにいる。ハウスCだ」

「そうか……知っていると思うが、ロク。わたしは以前、太陽系秘密情報局に勤務していたことがある。捕虜の女と面識があるかもしれない。面通しできるだろうか？」

「問題ないはずだ。案内してやるよ」

ワッツェルは警戒した。ソウゲントウアはあたかもこの申し出を待っていたかのようだ。すばやく、ほかの将校のようすをうかがう。だが、ふたりの話を聞いている者はいない。

とはいえ、ソウゲントウアはまちがいなく超重族の下僕だ。油断はできない。ふたりは中央通廊をぬけて、留置場の前を通り、尋問室の前で立ちどまった。ワッツェルが先に立って、なかにはいる。

赤い制服のテラナーがふたり、捕虜を見張っていた。その一方に、やってきた理由を説明。看守役の政治将校はすぐ同意すると、いっしょに隣りの留置場に行き、装甲ハッチを開けた。なかにいたのは、浅黒い、赤毛の男だ。まったく見おぼえがない。そう告げて、次の留置場にうつる。こちらはひと目でミリアム・タウツだとわかった。相手もすぐワッツェルと気づいたらしい。黙ったまま、大きな目で見つめ返してくる。

「どうだ？」と、ついてきたソウゲントウアがたずねた。

「残念だが、ロク。この女は見たことがない。太陽系秘密情報局の所属というのは、たしかなのか？」

「そのはずだ」ソウゲントウアは背を向け、看守役がハッチを閉めようと近づいてくる。

その一瞬の隙に、ワッツェルはミリアムとすばやく視線をかわした。

ほっとする。相手はこちらの真意を悟ったにちがいない。説得パラダイスにも、まだ屈服していないテラナーがいると、理解したはずである。一方、これが超重族の罠ではないということも、確信が持てた。まだしばらくは、自由に行動できる。

ハッチが閉まる直前に、左手でミリアムにサインを送った。太陽系秘密情報局の工作員だけに通じる、〝かならず助ける〟という意味のサインだ。

ワッツェルは尋問室を出たあとも、二時間ほど説得パラダイスにとどまり、安全を確認してから、あらためて山岳地帯の貯蔵所に向かった。雨はまだ降りつづいている。

＊

オル・ウェレスは山小屋で、天候が回復するのを待っていた。満面に笑みを浮かべて、ワッツェルを迎え、挨拶もそこそこに、

「まだキルリアナーと共生しているようだな？」

「そう。まだ縁は切れていないよ」

「だったら、早く切るんだ。そいつはいずれ、宿主を裏切るぞ」

「でも、これのおかげで命びろいしたこともある」

「キルリアナーを信じちゃいかん、ワッツェル」

「そのうち、よく考えてみるよ」政治将校はそういいのこし、地下に降りた。今回はいつもと違い、ウェレスもついてくる。

「もうじきなんだろう？　違うかね？」

「そのとおり」と、高性能ポジトロン機器をおさめたコンテナを開けながら、答える。

「では、わたしも手伝わなければ」

「あんたには、危険をおかしてほしくないんだ」

「ひとりじゃ不可能だぞ。万一の場合にそなえて、わたしも爆弾の点火方法を知っておきたい」

ヤチントーは立ちあがって、老人をしげしげ見つめた。

「どうしてそう考えたんだ？」

「すこしばかり、推理したまでさ、ワッツェル。USOの作戦コマンドが捕まった。連中はどこからきたのか？　この星系に、USO艦がかくれているにちがいない。おそらく、艦隊も近くに待機しているはずだ……この惑星を解放するために。かれらが行動を起こしたら、こっちも正確に対応しないとならない……つまり、万一あんたが倒れた場合、かわりになる者が必要だ」

　政治将校はしばらく考えたすえ、老人に計画の詳細を説明することにした。インパルス発振機をわたして、その操作法も教える。

「われわれの予想どおりになって、しかもわたしがボタンを押せない場合は、これを使ってくれ」

「わかっている、ワッツェル。ただ、もうひとつだけ問題があるな」

「というと？」

「キルリアナーだよ」

「なぜこだわるんだ？」

「あんたの行動に、ワッツェル、百万人の運命がかかっているからだ。それとキルリアナーと、どっちが重要だ？」

　ふたりはにらみあった。

「選択の余地はないんだ、ワッツェル」と、老人が訴える。「キルリアナーはいつか裏切る。そういう生物だから。決定的瞬間にそうなったら、とりかえしがつかない。だから、こだわるんだよ。さ、いますぐ捨ててくれ」

若者は唇を嚙むと、ジャケットとシャツを脱ぎ、むらさきに光る生物を腕からむしりとった。触手が暴れて、肩にぶつかり、血がにじんでくる。だが、それだけだ。床に投げ捨てると、共生体はとぐろを巻いて、しばらくのたうっていたが、突然一メートルほど伸びあがり、次の瞬間、動かなくなった。表面があっという間に色あせ、ゲル状に溶けはじめる。

「よく決断したな、ワッツェル。さて、次はどうする?」

「捕虜を解放するつもりだ」政治将校はそう答えると、ふたたび制服を身につけ、武器とポジトロン機器をすばやく装着。キルリアナーについては、なにもいわない。実際は、おのれの一部を失ったような、猛烈な喪失感にさいなまれていたのだが。

＊

ワッツェル・ヤチントーはグライダーで、アンネ・エホンの住まいにもどった。今夜の説得パラダイス〝銀河の自由〟は、いつになく活気にあふれている。昼間のあいだ、ずっと降りつづいた雨がようやくあがり、人々が新鮮な空気をもとめて、外にくりだしたのである。

グライダーを屋上に降ろして、エホンの部屋に急いだ。ほっとする。アンネはずっと待っていたらしい。近づいてくると、すばやくキスし、ワッツェルがそれに応えようとすると、するりと身をひいた。

政治将校はほほえみ、

「機材をすこし持ってきた、アンネ。覚悟はできたかな？」

「もちろん」

「危険なことは、わかっているね？」

「ええ。なにをするかも……その結果、どうなるかも」

ワッツェルはプログラムをおさめたディスクを三枚とりだし、中央ポジトロニクスへの組みこみ方を説明。

「注意をおこたらないで。監視カメラが見張っていることを、つねに忘れないように」

そうつけくわえると、あらためて相手をひきよせ、キスをする。こんどはアンネも拒否しなかった。

＊

翌朝、ワッツェル・ヤチントトーは生まれ変わったような気分だった。予定どおり、グライダーで政治将校のキャンプに向かう。アンネ・エホンはポジトロニクス・センターに到着したころだろう。

宿舎になっているハウスJで、ロク・ソウゲントウア少尉と顔をあわせた。正規の敬

礼をかわして、

「おはよう、ロク」と、声をかける。「なにか変わったことは？」

「まだ聞いてないのか、ワッツェル？」と、相手は目を輝かせ、「銀河系第一ヘトランがきょう、チュグモスを来訪するらしい。かなりたしかな情報だ。どうだ、すごい話だろう？」

ヤチントーも満面に笑みを浮かべて、よろこびを表現した。実際、これはいいニュースである……同僚とは理由がまったく違うが。うまくいけば、敵に最大限のダメージをあたえられるのである……それも、レティクロンがあらわれた瞬間を狙って、爆弾を点火するだけでいい。

第一ヘトランの暗殺に成功すれば、その影響はチュグモスだけにとどまらないだろう。超重族全体が政治的混乱におちいるはずである。当然、後継者を名乗る者が次々とあらわれ、種族内部で権力闘争がはじまる。そうなれば、諸惑星のテラナーを解放する作戦も、はるかに容易になるはずだ……

「捕虜はどうなった？」と、なにくわぬ顔で、たずねた。

「初期の尋問は終わったよ」と、ソウゲントウアは皮肉な笑みを浮かべ、「初期といっても、超重族のヘプロクが担当したので、かなり徹底的にやった。もっとも、ふたりは抵抗もしないかわり、重要な情報もしゃべらなかったそうだが。そのままつづけると、死にいたる可能性があるので、いまはいったん休止している」

「わかった、ロク。ではまた」

ワッツェルは早々に同僚とわかれた。いっしょにいると、自制心を失いそうだったから。ヘプロクと、その非人道的な尋問スタイルについては、よく知っている。一度ならまだしも、二度やられたら、精神を完膚なきまでに破壊され、超重族の奴隷になってしまう……このソウゲントウアのように！

ともあれ、いまは考える時間が必要だ。自分のキャビンにはいり、ベッドに横になって、おちつこうとつとめる。しかし、数分すると、だれかがドアをノックした。ロク・ソウゲントウアだ。

「じゃまして悪いな、ワッツェル。でも、おおっぴらに口外できないニュースがたくさんあって、息がつまりそうなんだ」

ヤチントーはため息をついて、起きあがり、

「まず、水をくれないか、ロク。話はそのあとだ」

同僚は飲料自動供給装置からグラスをとりだし、それをさしだすと、自分は椅子に腰をおろした。

「ヘプロクと話したんだ。知ってのとおり、あの超重族、意外におしゃべりでね」

「ほう。だが、そこまでの知りあいじゃないんだ」ワッツェルは用心していった。超重

族についてコメントするのは、賢明ではない。

「ヘプロクはレティクロン来訪を知って、かなり興奮しているようだ。銀河系第一ヘトランについて知ってることを、すべて話してくれた。そこでだが……レティクロンはミュータントだそうだ。知っていたか？」

「いや、初耳だ！」太陽系秘密情報局の工作員は驚いた。実際、そういう話は聞いたことがない。

「つまり、三つの超能力を持っているんだ」

「本当か？」

「ヘプロクによれば〝行動予知者〟だそうでね」

「なんだ、それは？」

「他人がなにをしようとしているか、一瞬で把握できるといっていた」ソウゲントウアはそういうと、声をあげて笑った。信用していないのだろう。「たとえば、あんたが第一ヘトランを殺そうと考えても、銃をかまえる前に悟られるそうだ」

ワッツェルは愕然とした。

「すごい超能力だな」かろうじてそういったが、声が震えているのが自分でもわかる。

「そうだろう？」と、少尉はうなずき、「でも、それだけじゃない。信念インジェクションという超能力も持っていて、そばにいる人間が、自分を崇拝するよう、強制できるそうだ。つまり、レティクロンが宇宙で最高の存在であると、思いこませることができるということ。この超能力をうまく使えば、銀河系を支配するだけでなく、七種族の公会議さえも征服できるかもしれない。すくなくとも、本人はそう信じているらしい」

「公会議の支配者をめざしている……そういうことか？」

「そのとおり。レティクロンみたいな男が、すべてを手に入れられるのに、半分でがまんすると思うか？」

「おそらく、そのとおりだな……ほかにも超能力を持っているのか？」

「ヘプロクによれば、〝脳攻撃〟という能力も持っている」

「よくわからないが……」

「ひと言でいうと、知性体の思考を歪曲させるそうだ。たとえば、だれかがレティクロンを殺そうとして近づいてきたら、一瞬にしてその意図を忘れさせ、かわりに石を投げて遊びはじめるよう強制する……そういう能力だといっていた」

ソウゲントウアは時計に目をやり、驚いて立ちあがった。

「もう時間がない、ワッツェル。超重族トレクコンのところに出頭しなければ」

「急いだほうがいいな。いろいろ教えてくれて、ありがたいよ」

同僚が出ていくのを見送ると、ベッドにからだを投げだす。いままで経験したことのないほどの、虚脱感に襲われて。いまの話がすべて真実だとすると、レティクロンがやってきたとたん、計画はすべて露見してしまうだろう……爆弾の所在をふくめて。第一ヘトランを暗殺できると考えたこと自体、あまりにも無謀だったのだ。

だが……自殺行為にも、意味があるのではないか？　オル・ウェレスやアンネ・エホンが、計画を最後まで遂行できるのであれば。しかし、レティクロンがふたりに注意を向ければ、その瞬間にすべてが終わってしまうだろう。

とはいえ、いくら超能力者でも、ふたりの存在を察知できるとはかぎらない。それとも、無数のテラナーのなかから、特定の人間の意図を読みとれるのか……？

はっとして、起きあがる。

レティクロンがチュグモスにやってくる前に、行動を開始するのだ。タウツ少佐たちを救出して、USO部隊を招き入れる。そうすれば、第一ヘトランが到着するころには、チュグモス全土がパニックにおちいっているはずである。

冷水で顔を洗い、出撃準備をととのえた。だが、キャビンを出る前に、政治将校を指揮するメリトイス将軍から連絡がはいる。政治将校は全員が〝銀河の自由〟に集合して、銀河系第一ヘトランを出迎えなければならないそうである。

7

ワッツェル・ヤチントーはゆっくりとグライダーに向かった。ほかの政治将校は、急いで出動していく。超重族の将校も同様だ。それを見ながら、わざと時間をかけてコクピットにもぐりこみ、操縦シートにすわると、さらに数分間、そのまま待った。

そのあと、ようやくスタートし、エネルギー・バリアにそって飛行。やがて、周囲に気を配りながら、ハウスCの裏に着陸する。繁茂したシダ植物が絶好の掩体になった。

内なる興奮をおさえ、ルーチン・ワークの一環のようによそおって、適当な書類をとりだす。それを読むふりをしながら、あらためて周囲を観察。さいわい、ほかの将校たちはレティクロン来訪で頭がいっぱいで、だれもこちらにかまわない。

そう確信してから、はじめてグライダーを降り、建物の裏に急いだ。ミリアム・タウツたちが収監された監房のあたりで足をとめ、てのひら大の機器を絶縁プラスティックの壁面にあてる。次の瞬間、赤い線が浮かびあがった。壁に埋めこまれた、警報システムの回線である。次に、べつの機器をとりだすと、その回線にそって、人が通りぬけられるほどの円をふたつ描く。

だが、これだけではまだ充分とはいえない。監房の天井には監視カメラがあり、たえず収監者を監視しているのだ。そこで、さらにふたつの機器を壁にとりつけ、多目的アームバンドの超小型受信機を作動させた。まもなく、スクリーンにミリアム・タウツがうつしだされる。カウチにうずくまって、ほとんど動かない。

ワッツェルはにやりとすると、にせの映像を回線に送った。これで、タウツは好きなときに移動できる。監視室のモニターには、にせのタウツがうつしだされているはずだ。しかも、数秒間隔で顔をあげたり、からだの向きをかえるため、にせ映像と気づかれる可能性はほとんどない。

一方、男の捕虜のほうはいささかやっかいである。おちつきなく、室内を行ったりきたりしているのだ。男が動かなくなるのを、辛抱強く待たなければならない。それでも、三分ほどで、ようやくカウチにすわりこむ。政治将校はすかさずその映像を撮影し、さっきと同様に加工して、にせ映像を送りだした。それがすむと、分子破壊銃を壁に向ける。グリーンのビームが赤い警報ラインを避けて、なんなく壁の分子結合を解消させていった。

穴が開くと、なかをのぞきこむ。タウツ少佐はすぐ状況を見てとったようだ。外に這いだしてきて、

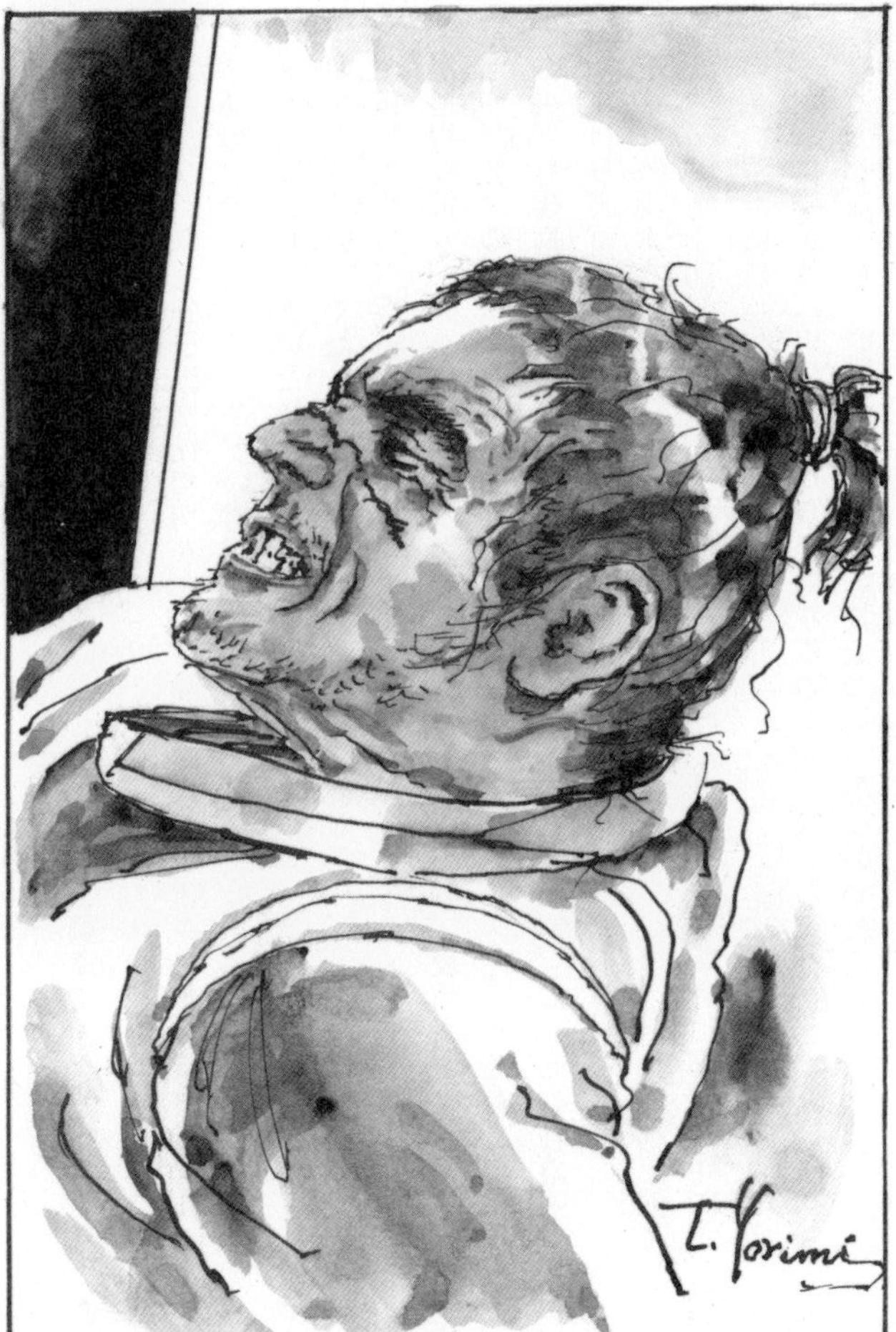

「助かったわ」と、ささやいた。

「あのグライダーに乗ってください。あいにく、大型のを調達できなくて。あれであなたがたを運びます」

ふたたび、壁を分子破壊銃で切りとり、数秒後にはマスル・ラシュモンをひっぱりだす。鳥類学者の顔には、ひどい拷問の跡があった。ワッツェルは男に手を貸して、グライダーにもどり、あいたスペースにからだを押しこむ。

「頭を下げていてください」と、キャノピーを閉めながら、「この機体に三人乗っているとわかったら、不審に思われますから」

操縦桿を握り、グライダーをゆっくり上昇させた。一瞬、反重力プロジェクターが音をたてたものの、すぐしずかになる。エネルギー・フェンスをこえたところで、収容所の中央部を観察。グライダーに急ぐ将校たちの姿が見えるが、こちらに注意をはらっている者はひとりもいない。

それを確認すると、あらためてグライダーを加速させ、森の梢すれすれを飛んだ。やがて、〝銀河の自由〟から二十キロメートルはなれた、サオ湖に到着。湖畔にある見通しの悪い荒野に着陸する。

まず、自分が外に出て、ふたりが降りるのを助けながら、

「幸運でした」と、いった。「だれも脱走に気づかなかったようです」

思わず笑みがこぼれる。

「わたしはワッツェル・ヤチントー。太陽系秘密情報局の要員です。長いあいだ、救援コマンドがやってくるのを待っていました。大規模な脱出計画を実現するために、あらゆる準備をしています」

「そういう計画があると、なぜ知っているのです？」鳥類学者が自分も名乗ったあと、たずねた。

「論理的に考えれば、いつか救援がくるとわかります。もっとも、それが間違いかもしれないと、ずっと不安でしたが」

「間違いじゃなかったけど」と、タウツが口をはさむ。「われわれが失敗したことも、忘れないで」

「外部から援助が期待できる……そうわかったのですから、失敗は問題になりません」

ワッツェルは自分が進めてきた準備を、大急ぎで説明した。

「それはすごい！」と、ラシュモンがうなる。「まさか、そういうことになっていたとは……」

「で、巡洋艦が対探知の楯にひそんでいるそうですが……？」

「《フヤンカヨ》という名よ。USO救援艦隊との連絡艦で、艦長のグレヴィエン・トラングマンドはエプサル人です」

「なるほど」ワッツェルは時計に目をやり、「わたしはもどります。急がなければ」

「どういうこと？」

「レティクロンが〝銀河の自由〟を訪問するのです。そこには、協力者のアンネ・エホンもおりまして。中央ポジトロニクスに対する工作が、うまくいったかどうか確認したうえで、攻撃開始の前にエホンを脱出させる必要があります」

「あえて危険をおかすつもりね？」

「ええ。ですが、アンネを置いていくわけにはいきませんから」

話がすむと、ふたりに反重力プロジェクター、インパルス銃、さしあたり必要な装備を手わたし、オル・ウェレスの山小屋のポジションを教えた。

「気をつけてください」と、最後に忠告する。「あのじいさん、わたしに聞いてきたとすぐにいわないと、銃を容赦なくぶっぱなしますから」

それから、笑って、

「キルリアナーにつけられた傷がまだ痛むと、オルに伝えてください」

ヤチントーはふたりにわかれを告げると、グライダーにもどり、スタートした。

＊

グライダーは〝銀河の自由〟の北にある大広場に到着した。ワッツェルはそのすみに、着陸地点を探す。広場には、ものすごい大群衆がつめかけており、着陸スペースはほとんどない。それでも、なんとか場所を確保してグライダーを降ろし、搬送ベルトを使って、広場の中央に向かう。

チュグモス各地から政治将校数千名が集まったのがわかった。なんとか最前列にたどりつく。この種の集会では、いつもこの場所に待機するよう、定められているのである。どうやら、ワッツェルが最後だったようだ。すぐ近くにいた一少佐が、顔をしかめてこちらをにらみつけた。

だが、あえて気づかないふりをする。ちょうど、超重族の将校団が反対側の通廊にあらわれたので、そちらに視線を向けたのだ。赤い制服の同僚たちも、同じようにしている。将校団の先頭を歩くのは、レティクロン本人であった。身のこなしが驚くほどしなやかだ。動くたびに、その強靭な肉体を完璧にコントロールしているのがわかる。敵を待ち伏せ、襲いかかるチャンスをうかがう、野獣のような雰囲気を漂わせていた。純白の制服を着用しているせいで、ライトグリーンの肌が実際より浅黒く見える。

その背後には、側近らしい幹部将校がつづき、さらにそのあとには……女たちの一団がやってきた。そのなかに、アンネ・エホンの姿もある！

テラナーは目眩《めまい》をこらえた。両手がはげしく震えだす。可能なら、この場から逃げだしたい。しかし、いま動いたら、三歩と行かないうちに制止されるだろう。搬送ベルトはとっくに停止していたし、通廊も封鎖されている。しかも、周囲は政治将校と超重族だらけだ。

目を閉じて、なんとか平静をたもとうとする。しかし、うまくいかない。アンネ・エホンにどうしても視線が向いてしまう。だが、そのうち、彼女のようすがこれまでと違っているのに気づいた。強制され、おびえきって歩いているようだ。

レティクロンは側近をしたがえたまま、広場の中央に設置した、ひときわ高い壇上にのぼった。女たちのグループはワッツェルのすぐ近くにひかえる。どうやら、そのすぐうしろを行進してきた政治将校が、グループを監視しているらしい。将校たちはいずれもエネルギー小銃で武装していた。

はっとする。

アンネ・エホンは行進に参加を許された、裏切り者ではないのだ。犯罪者として、ここまで連行されてきたにちがいない。おそらく、中央ポジトロニクスのプログラミングを改竄《かいざん》しようとして、逮捕されたのだ。

思わず、ジャケットの内側ポケットにかくした銃に、手を伸ばした。しかし、あきらめる。これだけの数の政治将校と超重族が相手では、とうてい勝ち目はない。

やがて、エホンがこちらを見た。どうやら、自分に気づいたようだ。思ったほど、絶望しているようすではない。それどころか、満足そうな笑みを浮かべている。

その意味は明らかだ。

工作は成功したのである。超重族のスパイがエホンを捕らえる前に、プログラミングの改竄は終わっていたということ。アンネは任務を完遂したのであった。

政治将校を指揮する将軍が、マイクの前に進みでて、

「銀河系第一ヘトランであるレティクロン閣下、説得パラダイス〝銀河の自由〟を訪問していただき、光栄であります！　ここでめざしている事業の進歩を、ぜひとも評価していただきたいと存じます。しかしながら、この惑星には、銀河系第一ヘトランの偉業を妨害するテラナーのスパイや裏切り者が、依然として存在しております……おろか者たちは、太陽系帝国がもはや存在しないという事実を認めようとせず、ありもしないもののために戦っているのであります！」

だれかがはげしい野次を浴びせ、べつの男が口笛を吹いた。将軍の言葉に納得せず、反対を表明したのだ……そうすることで、身に危険がおよぶと、わかっているにもかかわらず。

「レティクロンは説得パラダイスに到着すると同時に、その天才的能力で裏切り者を発見しました！　アンネ・エホン、前に出ろ！」

行動予知能力だ！

第一ヘトランはポジトロニクス・センター西を訪れ、アンネの存在をつきとめたのだ

ろう……その工作も。

エホンは毅然とした態度で進みでた。

「裏切り者に対しては、死あるのみである。裏切り者の虫けらは、公衆の面前で処刑されなければならない。ポジトロニクス・センター西に勤務するほかの女たちも、全員を第一ヘトランの名において処分する。スパイを見つけられなかった罪で!」

「人殺し!」と、だれかが叫んだ。洗脳された人々も、いまなにが起きつつあるか、ようやく理解したようである。

ワッツェルは息をのんだ。レティクロンは側近から重ブラスターをうけとり、銃口をアンネに向ける。

同時に、脳内をなにかが歩きまわるような、奇妙な感覚をおぼえた。だれかが意識を押さえこもうとしているような感じである。吐き気をこらえながら、必死に力をふりしぼり、かろうじて右手をあげた。下半身はすっかり麻痺している。未知の圧力に抵抗しながら、左手で右の手首をつかむと、多目的アームバンドのボタンを探りあてて……押しこんだ。

次の瞬間、宇宙船工廠がまぶしい閃光につつまれる。つづいて、耳をつんざく爆発音が空気を震わせる。衝撃波が押しよせ、説得パラダイスじゅうの窓ガラスが一瞬にして砕け散った。

気がつくと、未知の超心理圧力はもう感じない。行動の自由もとりもどせた。ほっとして、あたりを眺めまわす。広場につめかけた人々は、パニックにかられて走りまわっていた。すると、いきなり数ダースの超重族があらわれて、レティクロンをとりかこむ。テラナーの政治将校数名が、その親衛隊に向かって発砲するのが見えた。超重族はあわてふためき、レティクロンを装甲グライダーに押しこんで、避難させようとしている。

ワッツェルは立ちあがった。数歩先で、さっき自分をにらみつけた少佐が、超重族を狙撃している。残念ながら、レティクロンには命中しなかったが。

「少佐！」と、呼びかける。

将校は振り返って、こちらに銃を向けたが、太陽系秘密情報局将校は両手をあげて、ほほえみ、

「撃たないでください」そういいながら、ゆっくり少佐に近づいた。右手をつきだし、「このアームバンドの発振機を作動させれば、説得パラダイスの北キャンプ全域が吹きとびます。もちろん、いまは無人のはずですから、人的損害はありません！」

「捕虜がふたりいたはずだが？」

「わたしが解放しました」

少佐は立ちあがると、近づいてワッツェルの腕をつかみ、発振機のボタンを押しこんだ。一瞬後、北のほうから轟音と振動が伝わってきて、やがてキノコ雲がわきあがる。

大地がくりかえし震えた。

「きみと同じように考える男たちが、まだたくさんのこっていたんだ。知らなかったようだが、ヤチントー少尉！」と、少佐は興奮をあらわに、「さ、行こう。レティクロンをかたづけるんだ！」

「すぐ追いかけます。ですが、まだここでやることがありまして！」と、答える。

少佐はうなずくと、レティクロンを乗せた装甲グライダーをめざして駆け去った。グライダーはハッチを閉めないうちに、緊急発進しようとしていたが、少佐はインパルス銃でそのハッチを掃射する。

しかし、超重族の無骨なグライダーは、予想以上に堅牢だった。そのまま浮遊すると、反対に応戦してくる。エネルギー・ビームが少佐のからだを貫通し、テラナーはそのまくずおれた。

レティクロンと戦うのは無意味なのだ。相手はミュータントで、個別の攻撃者に対しては、ほとんど不死身なのである。

ワッツェルは倒れたままのアンネに駆けよった。

なぜ倒れているか、わからない。べつの女がその上半身におおいかぶさっている。かがみこんで、その女をどけようとすると、相手が死んでいるのがわかった。だが、アンネは生きている。ワッツェルに気づくと、気丈にほほえんで見せた。だが、エネルギー・ビームが胸部を貫通しており、ひと目であと数分しかもたないとわかる。

「アンネ」と、呼びかけた。「医療センターに連れていくよ」

「もう手遅れだわ、ワッツェル」エホンは咳《せ》きこみながら、「あなたはやりとげたのね。わたしは捕まってしまったけれど」

「話してはいけない！」

「いいえ、これだけは話しておかなければ。改竄ディスクで操作しようとする直前、監視されているのがわかったので、正規のディスクとすばやく交換したの」そこで、苦しそうにほほえみ、「思ったとおり、超重族たち、わたしを逮捕したあと、改竄ディスクにセットしなおしたわ」

苦痛で顔がゆがむ。

「うまく連中をだましてやったわ！」

ワッツェルはアンネを抱きおこした。必死で涙をこらえる。相手に涙を見せてはいけないと思って。だが、その顔をのぞきこむと、もう息がないとわかった。

次の瞬間、広場に閃光がはしり、数メートルわきをエネルギー・ビームがかすめる。超重族数名が殺到してきて、投石するテラナーに発砲をはじめたのである。アンネは置いていくほかない。太陽系秘密情報局の工作員はすばやく立ちあがり、走りだした。さいわい、建物のかげに跳びこんで、当面の安全を確保できる。そこで呼吸をととのえ、あらためて周囲の状況を把握した。

通りには、まだ数千のテラナーがのこっている。人々は建物の入口に押しよせたり、グライダーを掩体にとろうとしていた。

ワッツェルは走って通りを横断すると、無人の四座グライダーに跳びこんだ。制御プレートのスリットにIDカードを挿入し、ただちにスタート。急上昇しながら、北東にコースをとる。上空からだと、〝銀河の自由〟を支配する混沌を、あらためて認識できた。工廠とその周辺の建物が炎上し、その南にあるドームから、超重族が数百人単位で跳びだしてくる。明らかに、テラナーを鎮圧するつもりだ。

できることなら、超重族の犠牲者も出したくなかったが、こうなってはやむをえない。発振機をとりだして、スイッチを押しこむ。次の瞬間、地下室の爆弾が炸裂し、ドームは環境適応人もろとも、木っ端《こっぱ》みじんにふっとんだ。通りの群衆が勝利の雄叫《おたけ》びをあげる。どうやら、洗脳の効果がなくなったようだ。高層住宅にとどまった人々も、窓から超重族にものを投げつけていた。だが、グリーン肌たちはその建物にも、容赦なく発砲している。

工作員は覚悟を決め、発振機を調整すると、のこった爆弾に点火インパルスを送った。数秒間、なにも起こらないように見えたが、西宇宙港で転子状艦一隻がいきなり炎を噴きだし、やがて大爆発が生じる。白熱の炎が数百メートルの高さに達し、それが消えると、西宇宙港が潰滅的打撃をうけたのがわかった。

いまのところ、もう人々を援護する手段はない。グライダーをさらに上昇させ、最大速度で北東をめざす。やがて、二度めの爆発の衝撃波が説得パラダイスの中心部に到達し、建物の屋上にあるものをなぎはらった。収容所の北にひろがるトクサの森も、一瞬にして潰滅する。

なんとか衝撃波をやりすごすと、ふたたびグライダーを旋回させて、西宇宙港に向かった。のこった超重族艦の数を確認しようと思いたったのだ。予想どおり、使えそうな艦艇はほとんどのこっていない。高度を下げて、さらに観察をつづけるうち、さらに一隻のエンジンが爆発。大きな火柱があがる。もう一度、衝撃波を避けるために反転し、こんどはまっすぐオル・ウェレスの山小屋に向かった。爆発音を聞くうち、思わず勝利の笑みを浮かべる。セットした爆弾は、予想以上に役だったようだ。

こぶしを握りしめ、

「見ていろ！　レティクロンの旗艦もやっつけてやるぞ！」

第二の衝撃波がやってきて、グライダーは数分にわたり、もみくちゃにされる。それがおさまると、もう説得パラダイスは視界のかなたに消えていた。地平線が赤く燃えているのは、火薬庫と武器庫が誘爆を起こしたせいだろう。

ワッツェルはもう振り返らず、最大速度で山小屋をめざした。

＊

山小屋に接近すると、ウェレス、ミリアム・タウツ、マスル・ラシュモンの姿が見えた。こちらの身元がわかるよう、ホイッスルを鳴らしながら着陸態勢にはいる。その様子を見るかぎり、ふたりは老人とうまく折りあったようだ。

「もうすこしでレティクロンを倒せたのですが」コクピットを跳びだし、かいつまんで状況を報告してから、「発振機の用意を。急いでください！」

くわしい説明の必要はなかった。この山小屋からも、地平線の閃光は見えたし、震動も伝わってきたという。

山小屋にはいると、発振機はテーブルに乗っていた。地下室の入口も開いたままだ。オル・ウェレスはふたりに、武器庫のことを教えたのだ。

ワッツェルがテーブルの前にすわると、三人がそれをとりかこむ。

「さ、はじめて、ヤチントー」と、タウツ少佐が、「のこりの爆弾を点火するのよ！」

「犠牲が出るかもしれません」

「このままでも、犠牲は出つづけるわ」

ワッツェルはうなずき、スイッチに指を伸ばした。手順は頭にはいっている。調整を終え、インパルスを発振。

次の瞬間、惑星チュグモスは震撼した。いたるところで火柱が生じ、大地が震える。超重族の重要な軍事施設が、次々と炎につつまれているはずである。収容所施設を封鎖する防御バリアは、エネルギー供給を断たれて無力化し、各地の宇宙港に降りた転子状艦も、スクラップと化しただろう。

「さ、これを押せば、すべてが決着します」と、白いスイッチをさししめし、「アンネ・エホンがポジトロニクス・センター西でプログラミングを改竄しました。超重族の艦隊に、スタート命令を出せるのです！」

「すごいわね！」タウツは称賛を惜しまない。

ワッツェルはボタンを押しこむと、

「次はそちらの番です。《ファンカヨ》に連絡して、方舟部隊を呼びよせてください。時間をむだにはできません！」

少佐がハイパーカムを作動させ、巡洋艦を呼びだした。

「通信はとどくだろうか？」と、ラシュモンがたずねる。

若者はケーブルを指さし、

「このハイパーカムは、わたし自身が山頂に設置した、大型アンテナに接続しています。問題ありません！」

8

《フヤンカヨ》艦内に警報が鳴りひびいた。

トラングマンド艦長は急いで司令室にもどり、副長から報告をうける。

「チュグモス各地で核爆発が起こっています、サー。超重族は艦隊ごと、星系をはなれました！」

エプサル人は探知スクリーンに目をやり、転子状艦百隻が第二惑星から遠ざかっていくのを確認。

「なにがどうなったんだ？」と、思わずうなる。「作戦コマンドが持っていった装備では、せいぜい隠密行動しかできないはずだが」

数秒だけ考えこみ、そのあと、

「ともあれ、方舟部隊を呼ぼう！」と、副長に命じた。「《フヤンカヨ》も出撃する。このチャンスを逃すわけにはいかない！」

「時期尚早ではありませんか？　カンツォス少佐からは、まだ連絡がありません」

「だからどうした？　早く艦隊に連絡を。われわれはチュグモスに降りるぞ！」

乗員はあわただしく、スタート準備にかかる。とはいえ、手慣れた作業で、ミスする者はいない。数秒後、巡洋艦は対探知の楯にしていた恒星ヤレドシュをはなれ、第二惑星に向かった。

「サー、チュグモスから通信。タウツ少佐です」

グレヴィエン・トラングマンドは通信スタンドに駆けより、太陽系秘密情報局将校の報告を聞く。超重族艦隊はにせ命令により、まったく無価値な宙域に向かったと知り、思わずにやりとした。

「チュグモスに伝えてくれ」と、通信士に命じる。「あとはこちらがひきうける。心配はいらない」

司令スタンドにもどって、副長にいった。

「さて、USO艦隊の出番だ。超重族たち、きっと驚くぞ！」

＊

「おめでとう、ヤチントー！」ミリアム・タウツは興奮気味にいった。「USO艦隊がやってくるそうよ。五百隻からなる大艦隊が！」

「大提督アトランは約束を守る人物だからな」と、マスル・ラシュモンが、「カンツォス少佐から聞いていたんだ。全力をあげて、われわれを支援すると約束したそうだ」

タウツが立ちあがる。オル・ウェレスが料理を運んできたのである。炙《あぶ》った肉塊をテーブルに載せて、

「森林トカゲの頸肉でね。チュグモスのどこを探しても、これほどの極上肉はないぞ」

「残念だが、食べている時間がないんだ」と、ワッツェルは応じた。「〝銀河の自由〟でも、ほかの収容所でも、まだ戦闘がつづいている。手助けしないと」

「もう充分に活躍したじゃないか、若いの。これ以上は命を危険にさらす必要もないだろう？」

もと政治将校は肉片を切りとり、それを口にほうりこむと、

「たしかにうまい。あす、またくるよ、オル。そのとき、のこりを食べさせてくれ。いいだろう？」

老人はため息をつき、肩をすくめると、

「いいだろう、坊主。年よりはまた、さびしくなるがね」

ワッツェルは手をさしのべ、

「約束する。つづきはあしただ」

オルはそれ以上、なにもいわない。若者はタウツ、ラシュモンとともに、グライダーに向かった。老人も見送りについてきたが、三人がコクピットにおさまると、別れも告

げずに小屋にもどってしまう。

ワッツェルは苦笑すると、離陸した。エンジン最大出力で、三千メートルまでいっきに上昇する。この高度では、大気も澄み、視界は良好だった。見える範囲だけでも、いたるところから、炎と煙がたちのぼっている。作戦コマンドの生きのこりふたりも、目を見はった。

「ぜんぶでどのくらい、爆弾をしかけたの？」と、タウツ少佐がたずねる。

「数えたことはありませんが……」

「百発以上ね！」

「おそらくは」

まもなく、〝銀河の自由〟が見えてきた。工廠と宇宙船はまだ炎上している。拿捕された球型艦も同様だ。収容所都市のあちこちで閃光が見える。いまでもはげしい戦闘がつづいているのだろう。とはいえ、超重族が圧倒的優位に立っているとは、とても思えなかったが。

やがて、輝くエネルギー・バリアにつつまれた転子状艦を発見。

「レティクロンの旗艦にちがいない！」と、ワッツェルは、「とっくに脱出しているとばかり思っていたが」

「レティクロンは不利な状況でも、あっさり逃げだしたりしないわ」と、タウツ少佐が口をはさむ。「その反対よ。あの男、危険のなかにとどまるのが好きらしいわね。敵としては、それだけ危険ということ。決して過小評価しないように」

若者は身を乗りだし、ひときわ高くそびえる赤い高層ビルをさししめして、

「あれが放送施設を完備した、いわゆる〝説得センター〟です」

グライダーは説得パラダイスの敷地内に侵入した。

「屋上を見てみろ！　戦闘がつづいているようだぞ」と、ラシュモンがいう。

「あそこを制圧するのが重要ということね。敵も充分にわかっているらしいわ」タウッはそういうと、膝に置いた重インパルス銃をたたいた。鳥類学者も同じものを装備している。いずれも、山小屋の武器庫から持ってきたものだ。

ワッツェルはその建物の屋上に、グライダーを降ろした。あちこちに死体が転がっている。敵味方に多大の犠牲が出ているらしい。

超重族はグライダーの強行着陸に驚き、発砲してくる。しかし、タウッとラシュモンのほうが早い。開いたコクピットから掃射をくわえ、敵をしりぞけた。燃えるグライダーの残骸を掩体にしていたテラナーたちが、歓声をあげて跳びだしてくる。

三人は外に出て、反重力リフトに近づいた。背後から、超重族の軛を逃れたテラナーたちが殺到してくる。ワッツェルは手をあげてそれを制止し、

「待ってくれ！」と、叫んだ。「おちつくんだ！男たちはここにとどまり、われわれ

を援護してもらいたい！」

「ばかな！」と、先頭に立つ大男がどなりかえす。肩にひどい火傷《やけど》を負っているようだ。「通信システムを破壊しなければ！　超重族がもう二度と嘘を流せないように。聞いたか？　やつらはすぐにもどってきて、すべてを破壊すると警告している……こっちがただちに抵抗をやめなければ」

「勘違いするな！　通信システムを掌握するんだ！」と、工作員は応じた。「たしかに、艦隊が接近しているのは事実だ。だが、それはUSOの救援コマンドなんだ。五百隻からなる大部隊だぞ。この事実を、チュグモス全土のテラナーに知らせなければならない。そのために、通信システムを掌握する必要がある……それも、無傷で！」

「そうだったか……」大男はいきなり肩を落とした。いま聞いた情報を、まだ完全には咀嚼《そしゃく》できていないようだ。ほかの者が歓声をあげはじめるなか、その場にぼんやり立ちつくしている。

「あなたたちは援護にまわって！」と、タウツ少佐が命じた。「われわれはUSO作戦コマンドで、救出準備をととのえるのが任務よ。支援してちょうだい！」

「いざとなれば、命を捨てて戦います！」と、べつの男が応じる。

ワッツェルは反重力シャフトに跳びこみ、降下を開始。タウツとラシュモンもそれにつづいた。

「ここはよく知っています」と、もと政治将校は、「何度もきていますから」

地下施設に到着すると、攻撃されるものと覚悟して、武器をかまえながら跳びだす。だが、通廊は無人だった。なんなく通信ステーション近くまで進出すると、そこではじめて死体を発見。

その手からインパルス銃をとりあげるあいだに、タウツとラシュモンがドアの左右で銃をかまえる。三人は顔を見あわせ、次の瞬間、ワッツェルがドアを開いて突入した。

モニターを前にしていた超重族二名が振り返り、ブラスターをぬこうとする。だが、タウツのほうが早い。その動きを見て、躊躇なく射殺した。ほかにも二名がいたが、これはワッツェルとラシュモンが倒した。

「いい腕ね！」と、少佐が鳥類学者を振り返って、「あなたが射撃の名手とは思わなかったわ」

だが、マスルは顔をくもらせ、

「称賛される理由はないね」と、かすれ声で応じる。「やはり、こういうのは性にあわない」

「でも、この任務に志願したんでしょう？」

「どちらかというと、〝志願せざるをえなかった〟という感じだな」と、鳥類学者。

「人間はときとして、好き嫌いや善悪といったものをこえて、行動しなければならない状況に置かれるもの」

「そういう話はあとで！」ワッツェルはそういうと、モニターの前にくずおれた超重族に近づき、死体を押しのけて、シートについた。さいわい、通信システムはいつでも使用できる状態になっている。

「注意して聞いてもらいたい！」と、マイクに呼びかけた。その声が説得パラダイスじゅうのスピーカーから響く。

「こちら、太陽系秘密情報局です！」

充分に注意を喚起できたと思えるまで、それをくりかえした。3Dヴィデオ・キューブにも、自分の姿がうつしだされる。これで、惑星じゅうのテラナーに、なにが起きているかを伝えられるはずだ。

「わたしはワッツェル・ヤチントー。太陽系秘密情報局の要員です。現在、USO艦隊の五百隻が、惑星チュグモスに向かっています……ここに収容されたテラナー全員を救出するために。超重族がこれまで主張していたことは、すべていつわりだったのです。また、いまこの瞬間、チュグモスに超重族艦隊は駐留していません。艦隊はヤレドシュ星系から数光年はなれた宙域に向かっています」

そこでひと息入れると、マイクを切って、タウツとラシュモンに、

「外を監視していてください！　話している最中に奇襲攻撃をうけたら、すべておしま

いですから」

少佐はうなずき、鳥類学者の腕をとって出ていった。ワッツェルはそれを見とどけると、ふたたびマイクにスイッチを入れ、

「先ほどの一連の爆発は、わが作戦コマンドが敵の軍事拠点を制圧したもので、テラナーに対する攻撃ではありません。

とはいえ、今後、超重族の反撃も予想されます。とくに、このメッセージを送っている通信ステーションは、攻撃される危険が高いといえます。しかし、かれらの言葉は信用しないでいただきたい。超重族による圧政はもう終わったのです！　チュグモスのテラナーは、まもなく全員が解放されます！

くりかえします……」

タウツとラシュモンがもどってきた。少佐は通廊に向かって発砲している。

「敵がきたぞ！」と、鳥類学者が、「早く逃げだすんだ！」

「超重族がステーションに侵入しました。放送を中断します！」

ワッツェルは興奮気味に叫ぶと、スイッチを切り、出入口に急いだ。

「さいわいでした。通信施設全体が破壊されずに」と、どなる。

「連中にとっても、ここの設備は貴重なのよ。送信機が使えなくなると、艦隊を呼びもどせなくなるから」

タウツ少佐はそう応じると、ふたたび通廊に跳びだし、殺到してくる超重族二名を射殺した。ワッツェルも床に伏せて、応戦を開始。反重力シャフトから、さらに三人があらわれる……うちふたりは、大型の分子破壊銃をかついでいた。圧倒的火力で、この階層をいっきに制圧するつもりらしい。

だが、銃撃戦の音を圧して、轟音が聞こえてくる。USO艦隊の五百隻が到着したにちがいない。

増援がくるまで、もちこたえられるといいが。

＊

アトランはヤレドシュ星系から数千光年はなれた宙域で、事態の進展を見守っていた。《フヤンカヨ》からの第一報によると、チュグモスではテラナーの一部が秘密工作をつづけており、その援助で、数日ないし数週間で解放作戦を完了できるという。

「続報はまだか？」と、執務室にはいってきたシェFを見て、たずねる。

シェボルパルチェテ・ファイニィブレトは、大提督の執務テーブルに書類を置き、

「いまのところ、はいっていません」と、答えた。「ですが、秘密工作をつづけていた、例の姓名不詳の太陽系秘密情報局要員が、超重族艦隊を星系から遠ざけるのに成功しました。いまごろ、ちょうどわが艦隊が到着したころでしょう。報告どおりなら、作戦は

すぐにも完了するはずです」

「その工作員に会ってみたいな。《フヤンカヨ》に命じて、戦闘地域から撤退させてくれ。もう充分に活躍してくれた。そういう人材を、不必要に危険にさらしたくない」

「指示を出しておきます、アトラン」

シェFはそういうと、椅子に腰をおろし、

「ワーベ1000の旧ミュータントに関しては、どうなっていますか？」

「準備はかなり進んでいる」と、アルコン人。「レティクロンやラール人に発見される前に、なんとしても八名を救いださなければ。プロヴコン・ファウストの科学チームは、すでにミュータントを収容する施設の建設に着手した」

「そのためには、PEW金属が必要ですね」と、シェボパル人が指摘する。

「あるいは、PEW金属に相当する物質か、エネルギー形態だな」大提督はそういうと、笑みを浮かべた。すでになにか、考えがあるようだ。「だが、やはり八名の救出が、次の大きな課題になるだろう」

太陽系元帥ジュリアン・ティフラーがはいってきた。

「チュグモス作戦は順調に展開しています。いま報告がはいりました」

シェボパル人はすぐ立ちあがると、

「では、工作員の収容を手配してきます」

すぐそばまで進出してきた超重族がふたり、至近距離からエネルギー・ビームを浴びて、床にくずれおちた。

＊

ワッツェル・ヤチントーは跳び起きると、通廊を突進しようと身がまえる。

「ヤチントー、退避するのよ！」と、ミリアム・タウツが叫んだ。

その声に反応して、壁ぎわに身をよせる。ひとりのこった超重族は、想像以上にすばやく大口径分子破壊銃をかまえると、通廊を掃射した。だが、そのぶん狙いはいいかげんで、床や壁に命中しただけだ。

それを見て、ふたたび跳びだし、インパルス銃を発射。だが、引き金をしぼっても、なにも起こらない。どうやら、壊れたようだ。

ワッツェルは死を覚悟した。相手はこちらに武器がないと気づいたらしい。ホルスターからパラライザーをぬき、無造作に撃ってくる。ビームが命中し、テラナーは床に倒れこんだ。

後続の超重族部隊が通廊にあらわれ、タウツとラシュモンが退却していく。環境適応人の重々しい足音が、床を震わせながら近づいてきた。

ワッツェルは横たわったままだ。とはいえ、全身が麻痺していたわけではない。敵のパラライザーも、インパルス銃と同様、故障していたのだ！　だが、そう認識した瞬間、とっさに麻痺したように演じることにしたのである。もしかすると、レティクロンを倒すチャンスがあるかもしれないと思って。

「この男にちがいない！」と、グリーン肌のひとりが、「ヤチントーという名の裏切り者だ！　急いで連行しろ。レティクロンが会いたがっていた」

たくましい手がからだをつかんで、ひろい肩に乗せられる。かつがれたまま、反重力シャフトで三階層上がり、通廊を通って明るい部屋にはいった。破壊された窓ごしに、外に待機する装甲グライダーが見える。ここまで運んできた超重族は、足早に外に出ると、そのグライダーに近づき、〝荷物〟を手荒くコクピットに投げこむと、自分もシートに腰をおろした。

「スタートしろ！　急ぐんだ！」と、パイロットを急きたてる。「早くしないと、脱出できなくなるぞ。USO艦隊が五百隻を動員してきたそうだ」

飛行マシンは離陸すると、猛烈な勢いで加速した。ワッツェル・ヤチントーは上体をなかば起こした状態で、キャビンのすみに放置されている。おかげで、説得パラダイスのすぐ近くに着陸した球型艦三隻が見えた。銀河系第一ヘトランの転子状艦は、姿を消している。レティクロンはすでにチュグモスをはなれたということ。

では、どこに連行されるのか？

グライダーは北に十分ほど飛び、そのあいだにUSO艦十二隻を目撃した。惑星解放作戦は順調に進んでいるらしい。やがて、飛行マシンは森のなかに着陸。グリーン肌はワッツェルを運びだした。視界のすみに、小型搭載艇が見える。全長は三十メートルたらずしかない。男はエアロックにはいり、外扉が閉まると、テラナーを床に投げ捨てて、コクピットに向かった。

重々しい足音が去っていくと、起きあがって、スタートにそなえる。案の定、小型艇はすぐ離陸し、加速しはじめたようだ。だが、すぐに艇体がはげしく揺れる。USO艦が発見して、撃墜しようとしているのだろう。エアロック外扉に近づくと、火傷しそうに熱かった。外被の断熱層が剝落したにちがいない。

「くそ！　撃たないでくれ！」

その声がとどいたはずもないが、やがて振動がおさまり、飛行が安定してきた。外扉に触れると、冷たい。どうやら撃墜はまぬがれたらしい。

そのあとは順調な飛行がつづき、一時間が経過したころ、ふたたびわずかな振動を感じる。とはいえ、攻撃によるものでないのは明らかだ。おそらく、母艦に到着し、格納庫エアロックに収容されたのだろう。

立ちあがって、迎えがくるのを待つ。いまさら麻痺をよそおっても、無意味だ。

やがて、内扉が開いて、超重族がはいってきた。その声から、ここに連れてきた男だとわかる。

「出ろ。レティクロンが会いたがっている。われわれに甚大な損害をあたえたテラナーの顔を、ぜひ見てみたいそうだ」

ワッツェルは昂然と相手を見つめ、

「残念だよ。艦隊を潰滅できなくて」

超重族はこぶしを振りかざし、

「レティクロンが生きたまま連れてこいと命じなかったら、いまこの場で思い知らせてやれるんだが！」

搭載艇を出て、格納庫をあとにすると、長い通廊を歩いたすえ、銀色に輝く扉の前で停止を命じられた。武装した歩哨がふたり、扉の両側に立っている。

「例のテラナーを連行しました」と、男が歩哨に申告。「銀河系第一ヘトランがお待ちのはずですが」

扉が左右に開き、ワッツェルはなかにはいった。豪華な調度がならんでいるところを見ると、レティクロンの居室らしい。

その銀河系第一ヘトランは、反重力フィールド上の白い毛皮を敷きつめたソファでくつろいでいた。ソファ自体が反重力フィールドにつつまれているようだ。男は目を細めて、

「わたしから、捕虜百万を奪うとはな」と、口を開く。「おまえのような虫けらに、計画をじゃまされるのは、いささか心外だ」

ワッツェルは異様な感覚につつまれた。この嫌悪すべき男を、讃美しようとしている自分に気づいたのだ。鼓動が速くなる。とはいえ、相手が超能力を動員しているのはわかった。力をふりしぼり、

「信念インジェクターだな！　そういう安っぽい勝利で、満足なのか？」

次の瞬間、脳をしめつける圧力が消えた。レティクロンは立ちあがり、近づいてくると、テラナーの腕をつかんで持ちあげる。ワッツェルは抵抗しようとしたが、むだだった。艦内重力は超重族にあわせてあり、身動きするのもむずかしい。

「ばかめ！」第一ヘトランはテラナーの手首の傷に気づき、からからと笑った。「なるほど。以前はキルリアナー保持者だったのだな。なのに、生きのこる唯一のチャンスを捨てたわけだ」

次の瞬間、ワッツェルを投げ捨てる。テラナーは床に落ち、力なく横たわりながら、いまの言葉を反芻した。では、この怪物に対し、優位をたもつ可能性があったのか？　おそらく、キルリアナーは超能力を相殺《そうさい》する特殊能力も持っていたのだろう。だが、オル・ウェレスの言葉にまどわされてしまった。キルリアナーは裏切ったりしなかったはず。いや、その反対だ。

これから、共生体を信じなかった代償を支払うことになる……

うめきながら、ようやく立ちあがった。

「おまえのような虫けらに、じゃまされるとは」と、レティクロンがまたつぶやく。怒りに顔がゆがんでいた。「テラナーという疫病は、断固として根絶しなければ」

ワッツェルは背筋を伸ばし、笑い声をあげると、

「おまえには無理だな、グリーン肌！」と、冷ややかに告げる。

銀河系第一ヘトランはあんぐりと口を開けた。その顔が淡いグリーンに染まる。

「このわたしに、そういう大口をたたくとは！」

「大口だろうか？　おまえが種族を動員して、厳重に監視していた惑星を、わたしひとりであっさりと奪還したんだぞ。その事実を認めないのか？　おまえの優秀な艦隊司令たちも、わたしの掌中で踊っているし、惑星にのこる将軍も、いまだに状況を把握できずにいる。あすになれば、ローダンがおまえを滅ぼすだろうな。あるいは、アトランかもしれないが。それとも……」

超重族は咆哮《ほうこう》すると、テラナーになぐりかかった。ワッツェルは胸郭を一撃されて、目の前が真っ暗になり、床にくずおれる。心臓が停止したかと思ったが、まだ意識はあった。

怒りに燃え、レティクロンは目の前にたちはだかっている。完全に自制を失って。

テラナーは激痛をおぼえたが、それでも笑い声をあげた。

「おまえこそ虫けらだったな！　それも、あわれなやつだ！」

第一ヘトランがふたたび怒声をあげ、瀕死の男をなぐりつける。だが、ワッツェルはもはや痛みを感じなかった。死が迫ったと自覚したものの、敗北感はない。その反対である。勝利したのだ。アンネの復讐もとげた……なにより、チュグモスを解放し、百万のテラナーを解放したのである。しかも、レティクロンが手ひどく敗北し、屈辱にまみれるのを、間近に見とどけられた。

この瞬間、あらゆる艱難辛苦《かんなんしんく》がむくわれたのだ。

あとがきにかえて

天沼春樹

深夜にまわり道などするものではない。

昼間でも、おもわぬ路地へはいりこんだために、いらぬ堂々めぐりをさせられることがある。あぶないのは〝かわたれどき〟で、わたしの母親などは、娘の頃に使いにやらされた帰り道、お稲荷さんの祠《ほこら》あたりを過ぎたころから帰り道がわからなくなって、気がついたらとんでもなく遠くの町を歩いていたとよく話していたものだ。お狐様に化かされたんだね、と言うのだが。「彼は誰とも顔がわからぬ」ほど暮れてきた時分があぶないという。

わたしが子どもであった頃、母はよく狐狸に化かされた話をした。自分の体験であるか、親から伝え聞いたかは知らぬが、聞いた話を自分の体験のように話すのが得意であった。

夕方、土間でカマドの世話をしていると、勝手口から声がした。

「オバサン、マッチかしとくれ！」

子どものような声がしたという。

「そこにあるからもっておいき」と、いうと、それきり静かになった。

不思議に思って外に出てみると、暮れてまもない空に月が昇っていた。ところが、腰がぬけるほど驚いたという。月がもうひとつ、近くの柿の木の枝のうえにもかかっていたのだ。月がふたつある！

あわてて隣組に声をかけて、近くの猟師に来てもらったという。やってきた鉄砲撃ちは、なれたものですぐに柿の木の上の月に一発撃ちこんだ。すると、そのお月様がドスンと地面に落ちてきた。みんなでいってみると、大きな狢《むじな》が死んでいたという。

わたしも母親の遺伝であるのか、生来の方向音痴であるのか、狐につままれたように同じ横町をぐるぐるめぐって、道に迷うことがある。先年、京王線千歳烏山《ちとせからすやま》駅の界隈でそんなめにあって肝を冷やしたものである。しかし、よく考えてみると、自ら好んで踏みこむたちがあるようだった。

とある夜、深夜の帰還となった。東京と埼玉の境にある貯水池、多摩湖をめぐる山の中腹にわが家はある。家へは一度坂を下ってから、また勾配のきつい上り坂をのぼっていかねばならない。夜に人と会うこともまれだ。

いつものようにもだらだらと坂を下って、小さな川が流れている坂下まで来たとき、ふと遠回りかもしれないが、きまぐれで左手にゆるやかに山にのぼっていくほうの道に折れてみようと思ったのだ。すこし酔いが残っていたのである。

月が出ていたのを頼みに、道を折れてしまったが、月は崖のむこうに隠れ、こちらは崖下の闇であった。心だのみの人家の明かりは、なるほど遠くに灯っているが、明るいのはそこだけで、こちらはまったくの暗闇であった。

しまった、と思わぬわけでもない。ただ、引き返すのも臆病なようでためらわれる。そういう性格である。進み出したら、あともどりするのを好まない。万事がそれ。

幸い、灯火が近づくにつれて、崖のうえからも月明かりがもれるようになった。だが、すこしばかりぎょっとする。灯火と見えたのは人家の明かりなどではなかったからだ。灯明《とうみょう》。小さな祠の前に蠟燭をともした灯明がさがっていたのである。盂蘭盆《うらぼん》にはまだすこしはやい季節だ。祠に灯明をあげるにしても、だれがこの明かりを世話しているのだろうか。

立ち止まって、祠のなかをのぞくと、小さな石像が鎮座していた。地蔵や観音のようではない。むしろ動物の姿をかたどった像のようである。頭部は動物であるが、それが両腕を左右にひろげたようにして立っていた。あるいは、長い年月に風化してそのような面相になったものでもあるか。いずれにしても気持ちのよいものではなかった。

灯明がわずかに揺れた。風が出てきたのだ。

わたしは、なんの神ともしれない祠の主に一礼だけして、さきに歩いてみることにした。右上がりにゆるやかな坂がはじまっている。おそらく、大まわりして、山へとのぼっていく道のはずだ。左の竹藪の裏に小さな流れがあった。

坂道にさしかかる。右手は大きな屋敷の裏手である。石垣がつまれ、いずれも石段をのぼらねば訪ねることもできない。勝手口の木戸も固く閉ざされている。

ことさら歩みをはやめるでもなく、わたしは坂をのぼっていった。後ろから何かがついてきたにしても、しかたのないところだ。それにしても、どの家も明かりがついていなかった。寝静まっているのか、廃屋なのか、とうてい生きた人の住まいのような気がしない。

こうして酔狂に歩いているうち、突然、崖の上から人ならぬ者の声でも降ってきはしまいかと思う。

夜更けて歩く者、帰れ！

鏡花の作中であれば、山が轟くところだろう。そして、声を聞いた者はながく寝ついてしまう。あやしの者、六十余州罷《まか》りあるく者、人間の瞬く間を世界とする者でも現れれば、後日の話としては面白かろう。

わたしは、ゆるやかに上っていく坂の途中で、ふと後ろを振り返ってみた。

「おや」と、思わずつぶやいた。

灯明が消えていた。祠のあったあたりは、もう漆黒の闇にのみこまれて見えなかった。そのあたりから、真っ黒な闇がわたしのほうに手をのばしてくるような気がした。今宵、わたしは帰れるのだろうかと思わずにはいられなかった。

そして、翌朝のことだった。

家の門口に濡れた足跡をみつけた。山のほうからおりてきて、わたしの門の前で立ち止まったまま足跡は消えている。あともどりした形跡はない。人のものともおもえぬ。もとより靴ではない。ただ、二足で歩行し、水からはいあがってきたとしかおもえぬ足跡が門のまえで消えている。昨夜も、一昨日も雨はなく、地面は乾いている。乾いていればこそ、濡れた足跡がひときわ目立つわけだ。

水からあがってきた？　わたしの住まいからすこし登ると、湖を囲む山の頂になる。そのあたりから下りてきたのならば、さしずめ湖からあがって山を下ってきたものだろうか。いつだったか、ゆらゆらとのたくる黄色い紐のような生き物が、足もとにすりよってきたことがある。粘菌の類かとおもったが、これはコウガイビルといって蛭の仲間。女人《にょにん》の櫛のような頭をした、長い紐状の生き物が湿気にさそわれて迷い出てきただけのことであった。また、山の中からどう種子がとばされてきたのか、突然、カラスウリが垣根にからみついて実をつけたこともある。もともと山を侵して家を建てたのはこちらのほうであるから、そんな訪問もなきことではない。

人でない小さな足跡を見て、わたしはすぐに思いあたることがあった。昨夜通りすがった祠の神。または主。異類の者であるかなきかはわからぬが、こちらの物狂いにあちらも興味を惹かれて訪ねてきたのかもわからない。祠は陸にあるが、住処《すみか》は水のなかであったのかもしれない。その主が、しばらく門口でたたずんでいたのか。

出がけではあったが、いそぐことでもなかったので、わたしは家にもどり、台所にころがっていた夏の野菜をふたつばかりつかんで、いつもとはちがった道をたどって、あの祠を訪ねることにした。そういう挨拶には律儀なほうであった。

「おはようございます」

斜めむかいの家の老婦人が、あらぬ方角へでかけていくわたしに、すこし怪訝《けげん》そうな挨拶をしてよこした。まさか、祠詣でというわけにもいかない。

いったん山側に石段をのぼり、ほどなくつきあたる道は麓のほうにも頂のほうにもつづくゆるやかな道。下れば中ほどにあの祠があるはずだった。

ゆるやかな坂をくだっていくと、はるかさきに白い物が動いていた。白い装束を着た人が、件《くだん》の祠のあたりでなにかしている。掃除なのか、清め儀式なのか、榊《さかき》のような緑の葉のついた枝であたりを払っている。こちらも祠に用事があるわけだから、すこしばかり具合が悪いことであった。人がいれば、やたらに祠に供物をそなえるわけにもいかない。

　顔がみえるほどに近づいた。相手も坂をくだってくるわたしに気がついた。袴姿《はかまみ》の巫女《こ》のなりをしている。あわてるようすもなく、こちらに一礼すると、すぐに背をむけてむこうに歩きだしていく。そのまま下の橋のほうにいくのかと見送っていると、すこしさきの藪のなかに入りこんでしまった。藪のあいだの細道でもあるらしい。夜に歩いたときには気づかなかった。

　祠まで来ると、夕べの灯明は片づけられ、細いしめなわに白い御幣《ごへい》がさがっていた。わたしは、持参した茄子と胡瓜をひとつずつ石像の足もとに献じて一礼する。拝むもなにも、どのような神にも一礼をして敬意を表すだけのこと。それよりも、先ほどの巫女のことが気になった。藪の奥に社《やしろ》でもあるものとみえた。これまでも、山のうえのほうを歩いていたときに、無人の社は突然現れたことがある。社があれば、常ではなくとも世話をする人がいるはずだった。

　また酔狂の虫が動きだし、その細い山道をたどってみようかと思った。

　その日の朝、わたしはまたぞろ、無用な脇道にそれてしまった。熊笹が左右からおおいかぶさっている小道をたどって登っていった。その先でなにが待っていたかを話すのは、またの機会にする。それからの因縁話は、とても「あとがきにかえて」の紙幅におさまるものではないからだ。いずれ、虚実をまじえた一冊の物語が生まれるにちがいない。

ロバート・J・ソウヤー

フラッシュフォワード
内田昌之訳

素粒子研究所の実験失敗により、二十一年後の未来を見てしまった人類のたどる運命は？

イリーガル・エイリアン
内田昌之訳

初めて地球に飛来したエイリアンが容疑者として逮捕され、前代未聞の裁判が始まった。

ホミニッド—原人—
〈ヒューゴー賞受賞／ネアンデルタール・パララックス1〉
内田昌之訳

並行世界から事故で転移してきたネアンデルタール人物理学者の冒険を描く三部作開幕篇

ヒューマン—人類—
〈ネアンデルタール・パララックス2〉
内田昌之訳

人類と並行世界のネアンデルタールとの交流が始まり、思いもよらぬ問題が起こるが……

ハイブリッド—新種—
〈ネアンデルタール・パララックス3〉
内田昌之訳

人類の住む地球に磁場の崩壊という恐るべき危機が迫っていた……好評シリーズの完結篇

ジェイムズ・ティプトリー・ジュニア

〈ヒューゴー賞／ネビュラ賞受賞〉
愛はさだめ、さだめは死
伊藤典夫・浅倉久志訳

異星種族の壮絶な愛の儀式、コンピュータに接続された女の悲劇などの物語を収録する。

たったひとつの冴えたやりかた
浅倉久志訳

少女コーティーの愛と勇気と友情を描く感動篇ほか、壮大な宇宙に展開するドラマ全三篇

故郷から10000光年
伊藤典夫訳

最高傑作と名高い「そして目覚めると、わたしはこの肌寒い丘にいた」など、全15篇収録

輝くもの天より墜ち
浅倉久志訳

妖精のような種族の住む惑星ダミエムで美しい光の到来とともに起こる事件。待望の長篇

〈世界幻想文学大賞受賞〉
すべてのまぼろしはキンタナ・ローの海に消えた
浅倉久志訳

「わたし」がメキシコのキンタナ・ローで聞いた美しくも儚い物語三篇を収録する連作集

〈氷と炎の歌①〉

七王国の玉座（全5巻）

A GAME OF THRONES

ジョージ・R・R・マーティン／岡部宏之訳　ハヤカワ文庫SF

舞台は季節が不規則にめぐる異世界。統一国家〈七王国〉では古代王朝が倒されて以来、新王の不安定な統治のもと玉座を狙う貴族たちが蠢いている。北の地で静かに暮らすスターク家も、当主エダード公が王の補佐役に任じられてから、6人の子供たちまでも陰謀の渦にのまれてゆく……怒濤のごとき運命を描き、魂を揺さぶる壮大な群像劇がここに開幕!

ハヤカワ文庫

〈氷と炎の歌②〉

王狼たちの戦旗（全5巻）

A CLASH OF KINGS

ジョージ・R・R・マーティン／岡部宏之訳 ハヤカワ文庫SF

空に血と炎の色の彗星が輝く七王国。鉄の玉座は少年王ジョフリーが継いだ。しかし、かれの出生に疑問を抱く叔父たちが挙兵し、国土を分断した戦乱の時代が始まったのだ。荒れ狂う戦火の下、離れ離れになったスターク家の子どもたちもそれぞれの戦いを続けるが……ローカス賞連続受賞、世界中で賞賛を浴びる壮大なスケールの人気シリーズ第二弾。

ハヤカワ文庫

訳者略歴　1953年生，1982年中央大学大学院博士課程修了，中央大学文学部講師　著書『夢みる飛行船』他　訳書『テラ＝ルナ脱出作戦』マール＆フランシス（早川書房），『グリム・コレクションI～III』他多数

HM=Hayakawa Mystery
SF=Science Fiction
JA=Japanese Author
NV=Novel
NF=Nonfiction
FT=Fantasy

宇宙英雄ローダン・シリーズ〈344〉

メールストロームでの邂逅《かいこう》

〈SF1650〉

二〇〇八年二月　十日　印刷
二〇〇八年二月十五日　発行

（定価はカバーに表示してあります）

著者　ウィリアム・フォルツ　H・G・フランシス
訳者　天沼《あまぬま》春樹《はるき》
発行者　早川　浩
発行所　株式会社早川書房
郵便番号　一〇一‐〇〇四六
東京都千代田区神田多町二ノ二
電話　〇三‐三二五二‐三一一一（大代表）
振替　〇〇一六〇‐三‐四七七九九
http://www.hayakawa-online.co.jp

乱丁・落丁本は小社制作部宛お送り下さい。
送料小社負担にてお取りかえいたします。

印刷・信毎書籍印刷株式会社　製本・株式会社川島製本所
Printed and bound in Japan
ISBN978-4-15-011650-7 C0197